Yo no vengo a decir un discurso
Gabriel García Márquez

ぼくはスピーチをするために来たのではありません

G・ガルシア＝マルケス
木村榮一 訳

Obras de García Márquez | 1944-2007
Shinchosha

ぼくはスピーチをするために来たのではありません●目次

Obras de García Márquez
1944-2007

Drawing by Silvia Bächli
das (to Inger Christensen), 2008, 33 parts. Here part 21-33: 44x31cm, Gouache
Collection: Kunstmuseum St. Gallen, Switzerland
Courtesy: WATARI-UM
Design by Shinchosha Book Design Division

ぼくはスピーチをするために来たのではありません

・本文中の丸括弧内小字は、訳者による注解。
・各編末に付された＊印以下の解説文は、原著の編者であるクリストバル・ペラによるもの。
（編集部）

義務の学校
――コロンビア、シパキラー。一九四四年十一月十七日

このような社会的行事では指名された人がスピーチを行うのが通例です。その人は、こういう場にもっともふさわしいテーマを選んで、出席者の前でスピーチを行います。ですが、ぼくはスピーチをするために来たのではありません。今日の日のために、友情という崇高なテーマを選んでみたのですが、友情について何を語れるでしょう? さまざまなエピソードや金言で原稿用紙を埋めたところで、結局満足のいくものにならなかったと思います。あなた方一人ひとりが、自分の感情を分析し、全幅の信頼を置いている人に対する愛情がどこから生まれてくるのかをお考えください。そうすれば、なぜこのような行事が行われるのか理解できるはずです。

一連の日常的な出来事が、今まさに新たな人生へ旅立とうとしておられる先輩諸氏とぼくたちをこの上もなく強いきずなで結びつけてきました。そしてそれこそが友情なのです。実を言うと、できれば今日その話をしたいと思っていました。しかし、繰り返しになりますが、

ぼくはスピーチをするために来たのではありません。ぼくとしてはただ、あなた方を本日の行事において良心ある判事に任命し、本学の学生たちと辛い別れの瞬間を共有していただきたいと思っているにすぎません。

新たな門出を迎えられた先輩諸氏をこれから紹介させていただきます。まず、こちらにおられるのは、スポーツにおける好漢ダルタニアンともいうべきヘンリー・サンチェス氏、そしてそばには三銃士のホルヘ・ファハルド氏、アウグスト・ロンドーニョ氏、エルナンド・ロドリーゲス氏が控えておられます。こちらはつねに一心同体で行動しておられるラファエル・クエンカ氏とニコラス・レイエス氏。次は試験管の偉大な紳士リカルド・ゴンサーレス氏と討論の場では敵に回したくないと誰もが認めるアルフレード・ガルシア＝ロメーロ氏、このお二人は真の友情の生ける手本ともいうべき方々です。こちらのフリオ・ビリャファーニェ氏とロドリーゴ・レストレーポ氏はわれわれの議会のメンバーであるとともに新聞部に属してもおられます。次におられるミゲル・アンヘル・ロサーノ氏とギリェルモ・ルビオ氏は正確さの使徒ともいうべきお二人です。こちらのウンベルト・ハイメス氏、マヌエル・アレーナス氏、サムエル・ウエルタス氏、それにエルネスト・マルティーネス氏は献身と善意の執行官であります。こちらにおられるアルバロ・ニビア氏は上質のユーモアと鋭い知性の人として知られています。次のハイメ・フォンセーカ氏、エクトル・クエリャル氏、アルフレード・アギーレ氏は三人三様ではありますが、唯一真の理想である勝利を追い求めるという点で一致しておられます。次のカルロス・アギーレ氏とカルロス・アルバラード氏は、カルロスという名前だけでなく、祖国の誉れになるような人間になりたいという思いでも一致しておられます。次は、片時も本を手離したことのないアルバロ・バケーロ氏とラミロ・カルデナス氏、それにハイメ・モントーヤ氏です。そして最後に控えておられるのが、フリオ・セサル＝モラーレス氏とギリェルモ・サンチェス氏ですが、生きた円柱ともいうべきこのお二人の双肩には、出席者の姿をコロンビアで最高の銀板写真に長くとどめるという責任が重くのしかかっております。先輩諸氏は、これから同じひとつの理想に突き動かされて、栄光へと向かっていかれます。

今お聞きになった通り、ぼくは皆さん方一人ひとりの特性について話しました。次に判決を下しますので、良心ある判事としてその判決についてお考えください。国立高等学校と社会の名において、キケロの言葉を借りてこの場におられる皆さん方を義務の正会員、そして知性の市民に任命いたします。

誉れ高き皆さん、ご清聴ありがとうございました。

＊一九四四年、自分よりも一学年上の上級生が国立シパキラー男子高等学校を卒業する時に行った送別の挨拶。奨学金を受けていたおかげで、ガブリエル・ガルシア＝マルケスは寄宿生として同校で高等学校の課程の勉強を続けることができた。

どのようにして私はものを書きはじめたか

——ベネズエラ、カラカス。一九七〇年五月三日

最初にお許しをいただいて、座ったまま話をさせていただきます。実のところ、立ち上がるとバッタリ倒れそうなほど怖いのです。いや、本当です。私はつねづね、人生でもっとも恐ろしい五分間を飛行機の中か、あるいは今みたいに親しい二百人の友人の前でなく、二、三十人の見ず知らずの人の前で過ごすことになるだろうと思っていました。幸い、今日はその心配はないようです。ものを書きはじめた時もそうですが、こうして壇上に上がったのもやむを得ない事情があったからなのです。今日は仕方がないので文学について話させていただきます。正直に申し上げますと、この集まりに出なくて済むようにできる限りのことをしました。病気になろうと努力し、肺炎にかかってくれないかと願い、また、喉を掻き切ってもらえるかもしれないと期待して理髪店にも足を向けました。そして最後にいいアイデアが思い浮かびました。形式ばったこういう集まりだと、ネクタイにスーツ姿でないと中に入れてもらえないはずだと考えたのです。うっかりして自分が、ワイシャツ一枚でどこにでも出入

りできるベネズエラにいることを忘れていたのです。その結果、ここにこうして座っているわけですが、何から話していいかわからず困惑しています。しかし、たとえばどのようにしてものを書きはじめたのかということなら、皆さんにお話しできると思います。

私は自分が作家になれるとは夢にも思っていませんでした。ただ、学生の頃に、ボゴタの《エル・エスペクタドール》紙文芸付録の編集長をしていたエドゥアルド・サラメア・ボルダがある記事を新聞に掲載しました。その中で彼は、若い世代の作家たちは何も書いていないし、周りを見回してみても新しい短編作家、小説家が出てくる気配が感じ取れないと書き、さらに結びで新聞に載るのは名前のよく知れた老作家のものばかりで、若い人たちの作品は見当たらないではないかとお叱りを受けるが、正直なところものを書ける若い人がいないのだ、と書いたのです。

それを読んで、同世代の仲間への連帯意識が目覚め、エドゥアルド・サラメア・ボルダの口をふさいでやろうと思って、短編を書く決意を固めました。そのボルダとはのちに親しくなりました、というか少なくともその後大変親しく付き合うようになりました。私は椅子に腰を下ろして短編を書き上げると、《エル・エスペクタドール》紙に送ったのですが、次の日曜日、新聞を開いて仰天しました。紙面いっぱいに私の書いた短編が掲載されていて、それに関する記事まで出ていたのです。記事はエドゥアルド・サラメア・ボルダが書いたもので、自分は誤解していた、なぜなら《コロンビア文学の天才がこの短編とともに生まれようとしている》といったようなことを書いていたのです。

あの時はさすがに体の具合までおかしくなり、《大変なことになった。エドゥアルド・サラメア・ボルダを怒らせないようにするにはどうしたらいいんだろう?》と頭を抱えました。とにかく書き続けるしかないというのがその時の答えでした。私の場合つねにテーマをどうするのかが問題でした。つまり、短編を書くためにテーマを見つけなければならなかったのです。

これまでに本を五冊出した今だから言えることがひとつあります。作家の仕事はおそらくやればやるほど難しくなる唯一の仕事だということです。椅子に腰を下ろしてあの短編を書きはじめた日の午後は、実に楽に書けました。今は一ページ書くのにとても苦労していますから、大変な違いです。私の仕事のやり方は今お話ししたことと深くかかわっています。いつ書きはじめられるのかわかりませんし、何を書けばいいのかもわからないのです。何かないかと待ち受けていて、ものになりそうなアイデアが浮かぶと、頭の中で何度も考えに考えて、熟成するのを待ちます。熟成が完了すると(時には長い年月がかかります。『百年の孤独』の場合だと、十九年かかりました)、つまり構想がまとまると、繰り返しますが、椅子に腰を下ろします。ここからが一番難しいところ、私にとってもっとも退屈な作業がはじまります。物語を書く上で一番楽しいのは、浮かんだアイデアをああでもない、こうでもないと頭の中で転がして作り上げていく作業です。ですから、椅子に腰を下ろして書きはじめる時には、もう面白くない、というか、少なくとも私には面白くない作業になっています。アイデアが浮かび、それについて考える間が楽しいのです。

数年前から考えていて、そろそろ固まってきたのではないかと思われるアイデアがあるので、参考までにその話をしてみましょう。いつ書き上げられるかわからないのですが、それが出来上がれば、きっと皆さんはまったく違う話になっているのに驚かれるでしょう。そして、どんなふうに変化したのか観察できるでしょうから、お話しすることにします。まず、とても小さな町を思い浮かべてください。そこに歳とった婦人が二人の子供、十七歳の男の子とまだ十四歳になっていない女の子と一緒に暮らしています。何か気がかりなことがありそうな表情を浮かべて子供たちに朝食を出したものですから、子供たちからどうしたのと尋ねられます。すると、こう答えます。《それがよくわからないんだよ。ただね、朝、目が覚めると、この町に何か良くないことが起こりそうな予感がしたんだ。》

子供たちは笑って、よくある年寄りの取越し苦労だよ、と言います。息子はビリヤード場へ行きます。ごく簡単なキャノンを打とうとした時に、相手の男が《お前がミスする方に一ペソ賭ける》と言います。みんなは大笑いし、彼も笑うんですが、キャノンショットをミスしてしまいます。彼が一ペソ払うと、相手の男がこう尋ねます。《あんな簡単なキャノンショットをミスったりして、どうしたんだ？》彼はこう言います。《本当だよな。だけど、今朝母さんがこの町で何か良くないことが起こりそうだと言ったもんで、それが気になってね。》聞いてみんなは大笑いします。相手の男は勝って手に入れた一ペソを持って、母親と従妹、あるいは孫娘、まあ、なんでもいいんですが、彼女たちのいる家に戻ります。手に入れた一ペソを持ってうれしそうにこう言います。《この一ペソはダマソからふんだくってやったんだ。あいつは本当にばかだよ。》《ばかなんて言うもんじゃないよ、いったい何があったんだい？》彼はこう答えます。《朝、目が覚めた時にあいつの母さんが、この町で何か良くないことが起こりそうだと言ったそうで、その言葉が気になって誰でもできるようなキャノンをミスしたらしいんだ。》

それを聞いた母親が、《年寄りの予感は時にあたることがあるから、ばかにしちゃいけないよ》と言います。その話を聞いていた親戚の女性が肉を買いに行き、肉屋の主人にこう言います。《肉を一ポンドもらうわ。》主人が肉を切り分けていると、《そうね、この町に何か良くないことが起こりそうだというわさがあるから、念のために二ポンドもらっていこうかしら》と言います。主人は肉を渡し、そのあと別の婦人が来て、肉を一ポンドほしいと言うと、《さっきのお客さんが、何かとても悪いことが起こりそうだから、念のためだと言って、いろいろなものを買い込んでいかれましたから、二ポンドにされたらどうです》と勧めます。

するると、その婦人は《うちには息子が何人もいるから、四ポンドもらっとくわ》と答えます。その女性が肉を四ポンド買っていった後は話が長くなるので端折りますと、三十分で肉が売り切れてしまいます。主人はもう一頭牛を殺しますが、それも売り切れてしまいます。うわさはどんどん広まっていき、とうとう町中の人間が何かが起こるのを待つようになります。町が死んだようになり、午後の二時にいつものように暑くなります。誰かが、《今日はいやに暑いな》と言うと、《この町はいつだって暑いだろう。》ひどく暑いその町の楽団員たちは、楽器を修理する時にタールを使っていました。日向で演奏すると楽器がばらばらに壊れてしまうので、演奏は日陰でしていました。《だけど》と中のひとりが言います。《この時間にこんなに暑くなったことは今までなかったよ。》《たしかにそうだ、こんなに暑くなったことはなかった。》町中から人影が消え、広場にも人はいません。そこに小鳥が一羽飛んできます。すると、誰かが《広場に小鳥がいるぞ》と言います。町中の人がその小鳥を見ようとやってきます。

《みんな、小鳥はしょっちゅう飛んでくるじゃないか。》《こんな時間に飛んできたことはないぞ。》町の住民は緊張感に耐えられなくなっていて、何とかして町から出て行きたいと感じているのですが、思い切って行動に移す勇気はありません。すると、ある人が《おれは男だ》とわめきます。《この町を出ていく。》家具や子供たち、家畜を集め、荷車に載せると、町の大通りを通って出て行き、町の人たちはその様子を眺めています。やがてみんなが口々に、《あいつが出て行ったんだ、おれたちも出て行こうぜ》と言います。そうして、町から人影が消えます。家具什器はもちろん、家畜も何もかも持ち去ります。最後に町を出ていく者たちのひとりがこう言います。《おれたちが残していく家に不幸が襲いかかってくるなら、来ればいいいんだ。》そう言った男は家に火を付けます。ほかの者たちもそれぞれの家に火を付けます。町中の人間がぞっとするほど恐ろしいパニック状態になって、戦争から逃れる人のように集団で町を捨てて、逃げていきます。あの予言をした婦人も最後の集団の中にいて、こう嘆きます。《言った通りだろ。あの時、何かとても悪いことが起こりそうだと言ったら、みんなは頭がどうかしていると言ったじゃないか。》

＊カラカスの文芸クラブで行われた講演。その後、ボゴタの《エル・エスペクタドール》紙に採録された。フアン・カルロス・サパータによれば、『ガボ（ガルシア＝マルケスの愛称）はアラカタカでなく、カラカスで生まれた』という記事の中で、ジャーナリストのニコラス・トリンカードはガブリエル・ガルシア＝マルケスが講演をすると知って会場に駆けつけた。そこで《痩せて、ひげを生やし、火の付いた葉巻をくわえている》彼を目にしたとのことである。ガルシア＝マルケスが聴衆に話した《数年前から頭の中で考えているアイデア》に関しては、一九七四年にルイス・アルコリーサ（一九一八―九二。スペイン内戦で中南米に亡命した映画監督、脚本家）が『予感』というタイトルで映画の脚本にした。

あなた方がおられるので
――ベネズエラ、カラカス。一九七二年八月二日

ここにきておられるのは親しい方ばかりなので、ひとつお願いしておきたいことがあります。以前に私は二つのこと、つまり賞をもらうこととスピーチをすること、その二つだけはするまいと心に誓いました。今回その禁を破り、精いっぱい努力してその両方のことをするためにやってきました。生まれてはじめてのこの体験の、辛くて重い記憶に耐えて生き延びられるよう皆さんに助けていただきたいのです。

尊重すべきご意見がほかにもあるでしょうが、私はつねづね、作家は王冠を授けられるためにこの世にいるのではないと考えてきました。皆さんもよくおわかりだと思いますが、公に顕彰されるのは、死体になって防腐処理される第一段階のようなものです。人が作家になるのは特別な才能があるからではなくて、不幸にしてほかのことができなかったからであり、それ孤独な仕事を通して得られるのは、靴職人が靴を作っていただく報酬と同じであって、それ以上の褒賞や特権を手にするべきではないと考えてきました。しかし、私はこの場にやって

来たことについて弁明するつもりはありませんし、アメリカ文学を代表する忘れることのできない、偉大な人物の名前が付けられた文学賞（ロムロ・ガリェーゴス賞。ベネズエラの作家ロムロ・ガリェーゴスの功績をたたえて創設されたラテンアメリカでもっとも重要な文学賞のひとつ）を軽んじるつもりもありません。それどころか、なぜ自分の原則を無視し、迷いをふっきって皆さんのおられるこの場に来たのか、その理由が理解できて喜んでいます。皆さん、私がここに来たのは、身分証明書がなかったけれども幸せだった若い一時期を過ごした、この土地に対する昔から変わることのない愛情ゆえなのです。それはまた、ベネズエラの友人たち、おおらかで底抜けに冗談好きで、素晴らしい友人たちへの愛情と連帯意識でもあります。その方々のために、つまり、あなた方がおられるので私はここに来たのです。

＊『百年の孤独』で第二回ロムロ・ガリェーゴス国際小説賞を受賞した時のスピーチ。パリ座で。審査委員は次の人たちである。マリオ・バルガス＝リョサ（一九三六―　。ペルー出身の作家で、現代ラテンアメリカ文学を代表する作家の一人として知られる。代表作は『都会と犬ども』、『緑の家』、『世界終末戦争』など。二〇一〇年ノーベル文学賞受賞）、アントニア・パラシオス（一九〇四―二〇〇一。ベネズエラの詩人、小説家）、エミル・ロドリーゲス＝モネガル（一九二一―八五。ウルグアイの文芸批評家）、ホセ・ルイス・カーノ（一九一一―九九。スペインの有名な雑誌編集者）、ドミンゴ・ミリアーニ（一九三四―二〇〇二。ベネズエラの文芸批評家、エッセイスト、小説家）。新聞には、受賞作のほかに

以下の作品が候補に挙げられていた。フアン・ベネット（一九二七―九三。スペインの作家）『瞑想』、ギリェルモ・カブレラ＝インファンテ（一九二九―二〇〇五。キューバの亡命作家）『三頭の淋しい虎』、ミゲル・オテロ・シルバ（一九〇八―八五。ベネズエラの小説家）『泣きたいときは泣かない』。

もうひとつの祖国
――メキシコ市。一九八二年十月二十二日

今回《アステカの鷲》勲章をいただいて、通常なら同時に抱くことのない二つの思い、つまり誇らしさと感謝の念が私の内に生まれてきました。妻と私は二十年以上前からこの国に住んでいるのですが、その間に培われた強いきずながこういう形で評価されたのだと思っております。私の息子たちはこの国で育ち、私はここで本を何冊か書き、たくさんの木を植えてきました。

六〇年代、あまり幸せでなく、しかも身分証明書もなかった時期に、メキシコの友人たちは私に惜しみなく援助の手を差し伸べ、ものを書き続ける勇気を与えてくださいました。当時のことを思い返すと、『百年の孤独』の中の書き忘れた一章のような気さえします。七〇年代に入ると、あの小説が成功をおさめ、有名になりすぎたために私生活が脅かされそうになりました。メキシコの方々は適度に距離を保ち、伝説的と言ってもおかしくない心配りで私をそっとしておいてくださったので、心を乱されることなく辛く厳しい物書きの仕事を続

けることができました。私にとってあれは忘れることのできない時間でした。この国は第二の祖国ではなく、無条件に与えられたもうひとつの祖国なのです。もうひとつの祖国であるメキシコは、私が愛と忠誠を誓っている自分自身の祖国と衝突することはありませんし、懐かしく思い出しては自分の祖国に対するのと同じ思いを抱いています。

今回、栄誉ある勲章をいただいて感激しております。ただ、私が以前から現在に至るまで暮らしているこの国から賞をいただいたという理由で感激しているのではありません。大統領閣下、あなたの政府が与えてくださった栄誉は、メキシコの庇護のもとにあたたかく受け入れられたすべての国外追放者にとっての栄誉でもあるのです。私は、自分がそうした人たちを代表しているわけでも、典型的な亡命者でもないことはよくわかっています。この十年間に国を追われた人たちはメキシコという国にこの上ない避難所を見出してきました。その方たちの住まいとメキシコにある私の家とはまったく違うものであることもよくわかっています。不幸なことに、いまだにこの大陸はあちらで暴政が敷かれ、こちらで大虐殺が行われている状況にあり、私とは違い、厳しい状況下でやむなく国外に逃れた方々がおられます。ここまで私は自分の見聞を例にとって話してきましたが、多くの方は話を聞いていろいろ思い当たる節があると思います。

閣下、このように扉を開いてくださってありがとうございます。どうか、どのような状況になってもこの扉がけっして閉ざされることがないように願っております。

＊アステカの鷲勲章を受章した後、ロス・ピーノス（メキシコ大統領の公邸）のベヌスティアーノ・カランサの間で、共和国大統領ホセ・ロペス・ポルティーリョとコロンビアの外務大臣ロドリーゴ・リョレーダ出席のもとで行った講演。儀典書に示されている通り、メキシコ外務大臣ホルヘ・カスタニェーダ・イ・アルバレス＝デ＝ラ＝ローサが彼に勲章を授けた。この勲章は、メキシコ政府が外国人に与える最高位のものである。

ラテンアメリカの孤独

――スウェーデン、ストックホルム。一九八二年十二月八日

最初の世界一周航海でマゼランに同行したアントニオ・ピガフェッタ（一四九一―一五三四。イタリアの航海家）は、われわれの住む南米を航海した時の記録を残しています。それは厳密な反面、想像力の冒険のようにも思える箇所もあります。背中にへそのある豚や雌が雄の背中で卵を温める脚のない小鳥、嘴が匙みたいで舌がないカツオドリをその目で見たと書いています。頭と耳はラバのようで、体はラクダ、脚はシカのようで馬のようにいななく動物を見たと語っていますし、パタゴニアで最初に出会った原住民は巨人《パタゴン》で、その前に鏡を置いてやると、自分の姿におびえて興奮し、理性を失ったと書き残しています。

われわれの現代文学の萌芽となるものがうかがえるこの本は、あの時代のもっとも驚くべき証言にほかなりません。インディアス（新大陸のこと）の年代記作家たちは、ほかにも数えきれないほど沢山の証言を残しています。誰もが憧れるわれわれの国、すなわち《黄金郷《エル・ドラド》》（かつてコロンビアに黄金郷があると信じられていた）は、地図作成者の空想に従って場所と形を変

えながら長年にわたって数々の地図に描かれてきました。神話的な人物アルバル・ヌーニェス・カベサ・デ・バカ（一四九〇？―一五六四。スペイン人の探検家。メキシコ北部から現在のアメリカ南部を徒歩で探検し、のちにアルゼンチン総督になった）は、八年間にわたってメキシコ北部を探検したのですが、常軌を逸したその探検に加わった人たちは互いに仲間の肉を食らい、六百人の隊員のうち目的地にたどり着いたのはわずか五人だけでした。また、アタウアルパ（一五〇〇―一三三。ピサロに処刑されたインカ帝国最後の皇帝）の身代金を払うために、一頭当たり百ポンドの金塊を載せた一万一千頭のラバがある日クスコを出発したのですが、ついに目的地にたどり着きませんでした。この謎は、ほかの数々の謎と同様まだ解明されていません。のちの植民地時代のことですが、カルタヘーナ・デ・インディアス（コロンビア北部の歴史的遺産のある町として知られる）の沖積地で育てられた雌鶏の砂嚢から金の粒が出てきました。わが国の創設者たちは黄金熱に取りつかれ、その熱はほんの少し前まで消えずに残っていました。前世紀（十九世紀）のことですが、パナマ地峡に大西洋と太平洋を結ぶ鉄道を建設するためにドイツの調査隊がやってきて調査し、あの地方では鉄がわずかしか採掘できないので、レールを鉄でなく、金にすれば敷設は可能だという結論を出しています。

スペインの統治から独立したからといって、狂気がおさまったわけではありません。三度にわたってメキシコの独裁者になったアントニオ・ロペス・デ・サンタ・アナ（一七九四―一八七六。メキシコの軍人、政治家。アラモの戦いで米国を破ったことで知られる）は、壮麗な葬儀を行って《菓子戦争》（一八三八―三九年に起こったフランスとの戦い）で失った右脚を埋葬させました。ガブリエル・ガルシア＝モレノ将軍（一八二一―七五）は、十六年間（正しくは、大統領在位は一八六一―六五、ついで六九―七五）絶対君主のようにエクアドルを支配し、死後、勲章で飾り立てた軍服を身に着け、大統領の椅子に腰を下ろした姿で通夜の客を迎えました。エル・サルバドルの独裁者で、神知論者のマクシミリアノ・エルナンデス＝マルティーネス将軍（一八八二―一九六六）は、三万人の農民を残酷にも虐殺させたのですが、食べ物に毒が混ぜられていないかどうかを調べるための振り子を発明し、猩紅熱の流行を食い止めるために街灯を赤い紙で覆わせました。フランシスコ・モラサン将軍（一七九二―一八四二。一時期中央アメリカを統治した独裁者）に捧げられた記念碑は、実を言うと使い古しの彫像がしまわれている倉庫から買い取られたミシェル・ネイ元帥（一七六九―一八一五。フランスの軍人）の彫像なのです。

十一年前、現代の著名な詩人のひとりであるチリのパブロ・ネルーダ（一九〇四―七三。ノーベル賞詩人）が、自らの言葉でこの大陸に照明を当てました。それ以来、かつてないほど激しい勢いでヨーロッパの安らかな心の中に、時には安らかでないこともあるでしょうが、ともあれその心の中にラテンアメリカの非現実的というほかはないさまざまな情報が一気になだれ込んだのです。ラテンアメリカとは、頭のおかしい男たちやその徹底した頑固さゆえに伝説化している歴史上の女性たちが住むわれわれの祖国のことです。ネルーダ以降、われわれの心が休まる間はありませんでした。燃えさかる宮殿にプロメテウス（ギリシア神話の変幻自在の神はプローテウスなので、ガルシア＝マルケスの記憶ちがいか？）のように変幻自在の大統領が閉じこもって、軍隊を相手にたったひとりで戦って死んでいきましたし、航空機による二つの不幸な出来事（二つとも疑惑に包まれているのに、ついにその謎は解明されませんでした）によって、寛大な心の持ち主（軍部のクーデタで殺されたチリのアジェンデ大統領を指す？）と、祖国に尊厳を取り戻させた民主主義的な軍人（オマル・エフライン・トリホス・エレラ、一九二九―八一、のこと？　パナマの独裁者で、反米ナショナリストとして国民の信望を集めた。八一年に飛行機事故で死亡したが、暗殺ではないかと言われている）の二人が亡くなっています。

これまでに戦争が五回あり、クーデタが十六回起こりました。そして、悪魔のような独裁者が現れて、神の名において現代のラテンアメリカで最初の民族の大虐殺を行いました。その間に、二千万人にのぼるラテンアメリカの子供たちが二歳にならないうちに亡くなっていて、この数は一九七〇年以降ヨーロッパで生まれた子供の数よりも多いのです。弾圧がもとで行方不明になった人の数は約十二万人にのぼり、今日だとウプサラ市（ストックホルムの北北西に位置する学園都市）の全住民がいなくなったようなものです。アルゼンチンでは妊娠中の女性が大勢逮捕され、刑務所で生まれた子供たちは所在も身元もわかりません。非合法な形で養子縁組させられたか、軍当局によって孤児院に送り込まれました。そういうことが起こらないように願うしかないのですが、それでも大陸全体で二十万人近い男女が死に、三つの心無い中米の小国、すなわちニカラグア、エル・サルバドル、グアテマラでは十万人以上の人が亡くなっています。この数を比率でアメリカ合衆国と比較しますと、四年間で百万六百人の人が暴力によって死を遂げた計算になります。

人を大切にもてなす伝統のある国として知られているチリでも、人口の十パーセントに当たる百万人の人たちが国外に逃れました。人口二百五十万人の小さな国であり大陸でもっとも教養人の多い国であるウルグアイでは、五人にひとりの割合で市民が国外に逃れていきました。エル・サルバドルでは内戦が原因で、一九七九年以降二十分にひとりの割合で亡命者が出ています。ラテンアメリカからの亡命者と強制的に移住させられた人たちを集めて、国を作ったとすれば、おそらくその人口はノルウェーを超えることでしょう。

スウェーデンの文学アカデミーが注目したのはこうしたとてつもない現実であって、単にその文学的表現だけではない、と私はあえて考えています。それは紙の上の現実ではなく、われわれとともに生き、日々絶え間なく無数の死をもたらしているのです。また、不幸と美しさに満ちた貪欲な創造の源泉ともなっています。祖国を懐かしく思いながら世界をさまよっているコロンビア人の私は、その源から生まれ、偶然選び出された人間のひとりでしかありません。詩人であれ、物乞いであれ、戦士であれ、悪党であれ、あの桁外れの現実から生まれてきた人間は、想像力に頼る必要はほとんどありません。なぜなら、信じがたいわれわれの日々の生活を語るには従来の慣習化した手法では不十分なので、それをいかにして乗り越えるかがわれわれにとって最大の挑戦だからです。皆さん、われわれが孤立している実情とはこのようなものなのです。

以上に述べた困難な問題を抱えているせいで、われわれは不器用にならざるをえません。何しろ、それがわれわれの本質なのですから。こちらの世界にいて、自分の文化をうっとり眺めている理性と才能に恵まれた方々が、われわれを解釈するのに有効な方法を見出せないのも無理はありません。

自分たちを測る物差しをわれわれに当てはめようとする気持ちは理解できます。しかしその時、つい誰もが生きていく上で味わっている苦しみは同じだと思いがちですし、かつてのあなた方がそうであったように、われわれが自己の存在証明を得るのはきわめて困難で、血を流すほどの苦労をしなければならないほど厳しいものだということを忘れてしまいます。われわれの現実とまったく関係のない枠組みでとらえようとすると、結果的にわれわれを遠ざけ、自由を奪い、孤立させることになります。敬うべきヨーロッパが一度自分たちの過去に立ち戻った上で、現在のわれわれを見てくだされば、もっと理解が進むはずです。ロンドンは最初の城壁を築くのに三百年かかり、最初の司教が生まれるまでにさらに三百年かかりました。ローマは二十世紀もの間不安定な暗黒時代の中でもがき苦しみ、エトルリアの王が歴史に残るローマの町を生み出しました。現在では平和を好み、口当たりのいいチーズと狂うことのない時計を作っているスイス人も、十六世紀には金を稼ぐためにヨーロッパを血に染めたのです。ルネサンスの最盛期にあっても、帝国軍に雇われた一万二千人の傭兵がローマを略奪し、荒廃させ、八千人の住民を短剣で突き殺しています。

トニオ・クレーゲルは純潔な北と情熱的な南の結合を夢見、今から五十三年前にこの場所でトーマス・マンはその夢を称揚しました。私はそれが正夢になるよう願っているのではありません。ですが、明晰な精神の持ち主であるヨーロッパの人たち――より人間的で公正な大きな祖国のためにここで戦っておられる方々――が、われわれに対する見方を根本から見直してくだされば、それこそがより良い援助になるはずです。世界に援助がなされる際、自分らしい生活を送りたいと思っている人たちに対して正式に具体的な支援が行われれば、われわれの夢と連携することになり、われわれの孤立感も和らぐことでしょう。

ラテンアメリカはただ斜めに動くことしか知らないチェスのビショップになりたいと思ってもいなければ、そうなるべき理由もありません。それに、自立と独創性を目指すあまり、西洋にあこがれたとしても、何ら奇妙なことではありません。航空網が発達して、われわれのアメリカとヨーロッパとの距離が縮まりましたが、文化的な距離はいっそう大きくなったように思えます。文学においてはわれわれの独創性が無条件に受け入れられるのに、社会改革というわれわれの困難な試みにおける独創性となると、皆さんは猜疑心に駆られて否定されるのはなぜでしょう?　先進国のヨーロッパの人々は、自分たちの国に社会正義を課そうとされているのに、ラテンアメリカの場合は条件もやり方も違うからといって、それを目指すことはできないと考えるのはどうしてなのでしょう？　そうではないのです。われわれの歴史における途方もない暴力と痛苦は、何百年にもわたる不正と数えきれないほどの苦しみから生まれてきた結果であって、われわれの家から三千レグアス（約一万六千五百キロ）離れた場所で練り上げられた密謀の結果ではないのです。けれども、ヨーロッパの指導者や思想家の多くは、世界の二大勢力の言いなりになるしかないのだとでも言うように、ラテンアメリカには社会正義の独創性はないと考えてきたのです。われわれの祖父たちの世代は、実りはあったものの、狂気に駆られて戦争を行いましたが、いまだあの世代と同じように無邪気に威力による平定しかないと信じているのです。皆さん、われわれの孤独はそれほどまでに深いのです。ですが、抑圧され、略奪され、遺棄されてはいますが、われわれには生命があると答え返します。洪水、疫病、飢餓、天災に見舞われ、何世紀にもわたって戦争が果てしなく続いてきましたが、それでも生命は死を越えてしたたかに生き延びてきました。

生き延びた生命はその数を増やし、勢いはさらに増しつつあります。毎年生まれてくる子供たちの数は、死者の数を七千四百万人上回っています。毎年、ニューヨーク市の人口の七倍もの新生児が生まれてきているのです。そのほとんどが資源の少ない国々、むろんラテンアメリカ諸国もその中に含まれていますが、そこで生まれています。一方、もっとも繁栄している国々は、今日まで地上に存在した全人類の百倍もの人間を殺せるだけでなく、数々の災厄に見舞われたこの惑星で生命をはぐくんできた生物全体を消滅させるだけの兵器を所有しています。

今日と同じような日に、わが師ウィリアム・フォークナーはこの場で《私は人類の終末を受け入れがたいものと思っております》と言われました。私は本来、師が立っておられたこのような場に立つべき人間ではありません。ですが、師が三十二年前（三十三年前の記憶ちがい）に受け入れがたいと言われた途方もない災厄が、人類誕生以来、現時点ではじめてまぎれもない純然たる科学的可能性になったものですから、私はやってきたのです。人間的時間全体を通じてユートピアと思われてきたはずのものが身の毛のよだつほど恐ろしい現実に変わってしまいました。その現実を前にして、どのようなことでもありうると考える物語作家が、それとはまったく逆のユートピアの創造に着手するのに遅すぎるということはないでしょう。それは新しい、圧倒的な力を備えた生命のユートピアです。そこではどういう死に方をするかを他人に決められることもなければ、愛が確実なものになり、人が幸福になる可能性が失われることもなく、百年の孤独を運命づけられた一族の者たちがようやく、かつ永遠に地上に二度目の生を営むことのできる機会が与えられる、そのようなユートピアなのです。

＊ガブリエル・ガルシア＝マルケスに授与されたノーベル文学賞授賞式でのスピーチ。ストックホルム・コンサート・ホールにて。小説家と六人の学者——ケネス・ウィルソン（物理学）、

アーロン・クルーグ（化学）、スネ・ベリストレーム、ベンクト・サムエルソン、ジョン・R・ヴェイン（生理学・医学）、ジョージ・J・スティグラー（経済学）――は、スウェーデン国王カール十六世グスタフと王妃のシルヴィアの手から栄えある賞を受け取った。ガルシア＝マルケスはその式の中心的な人物であったにもかかわらず、厳格な燕尾服ではなく、リキリキの名で知られる典型的なカリブ海風の服装で出席し、ノーベル賞授賞式の伝統を打ち破った。

詩に乾杯
――スウェーデン、ストックホルム。一九八二年十二月十日。

作家というのはどうしようもない妄想に取りつかれて日々儀式めいた物書きの仕事をしていますが、今回の栄えある受賞でそうした作家として、また一読者としての私をこれまで導き、毎日の暮らしを豊かなものにしてくれた多くの作家たちと名を連ねることができたことに対して、スウェーデン文学アカデミーに謝意を申し述べます。彼らの名前と作品は私にとって導きの影となり、同時にこの名誉ある賞によってしばしば耐え難いものになるはずの責務を負うことにもなりました。あの方々が厳しい責務を伴う賞を受賞されたのは当然のことだと私には思えました。しかし、自分に関して言えば、つねに思ってもいない時に運命がわれわれにもたらす教訓のひとつのように思えてなりません。そうした教訓を通してわれわれは、自分たちが理解を超えた偶然に弄ばれるおもちゃにほかならないのだと思い知らされる上に、その唯一の悲しい代償が、たいていの場合、無理解と忘却なのです。

われわれは心の奥にある秘密の小部屋で、自分の本性を作り上げている本質的なものとよく対話を交わすのですが、そこまで降りていって、自分の作品を支えているものとは何だろう、厳格な審査員が居並ぶこの法廷で自分の作品がここまで注目を集めたのはなぜだろうと自らに問いかけるのは、なんとなく不自然な感じがします。へりくだるわけでなく、正直言って自分がなぜ選ばれたのか理解できないのです。ですが、できれば自分が願っていたのと同じ理由によるものであってほしいと思っています。つまり、今回も結局は詩に帰着するもののへのオマージュだと思いたいのです。老ホメロスは『イリアス』の中で、目くるめくような船の目録を作成していますが、詩の力が風を呼び、時間を超えて驚くべき速度でそれらの船を走らせています。ダンテは三行連詩という弱々しい足場の上に、壮麗でどっしりした中世の石造建築物全体を持ち上げています。パブロ・ネルーダ、偉大な詩人、もっとも偉大な詩人である彼は、『マチュ・ピチュの高み』において、われわれのアメリカの全体像を奇跡のように救い上げると同時に、出口のない状況に置かれているわれわれのこの上ない夢が千年の悲しみを滲み出させるように歌っています。詩というのは結局のところ、台所でエジプト豆を煮炊きし、愛を伝染させ、鏡に自分を映すといった日々の営みの秘められたエネルギーにほかなりません。

成否はわからないのですが、私は自分の書く一行一行の文章の中でつねに逃れやすい詩の精神を呼び覚まそうとしています。また、鋭い洞察力を備え、不気味な死の力を打ち砕いて永遠の勝利をもたらす詩に対して崇敬の念を抱いていますが、自分の書く一語一語にその証言となるものを刻み付けようと心掛けています。今回の受賞は私のそうした試みが決して無意味なものでなかったことを証明してくれていると思われ、大いに励まされました。そうした思いを込めて今回の受賞を謙虚に受け止めたいと思っております。われわれのアメリカの偉大な詩人ルイス・カルドーサ・イ・アラゴン（一九〇一―九二。グアテマラの詩人、エッセイスト、外交官）は、詩こそ人間存在の唯一具体的な証しだと言いましたが、その詩に対して皆さんとともにここで乾杯したいと思います。どうもありがとうございました。

＊ノーベル賞受賞者の栄誉をたたえるためにスウェーデン国王夫妻によって催された晩餐会において。晩餐会はストックホルム市役所の《青の間》で執り行われた。一九八三年五月四日に掲載され、その後『ジャーナリズム作品集　第五部、一九六一―一九八四』に収録された記事の中で、ガルシア＝マルケスはその時のことをこう振り返っている。《私の講演と――時間に追われて、詩人のアルバロ・ムティス（一九二三―　。ガルシア＝マルケスと親交のあるコロンビアの小説家、詩人）と二人がかりで大急ぎで書き上げた――「詩に乾杯」の著作権をノーベル賞財団に譲るという内容の印刷された文書に署名するように依頼された。そのあと、財団職員のためにスウェーデン語に訳された私の本にサインをし……。》

新しい千年に向けての言葉

――キューバ、ハバナ。一九八五年十一月二十九日

つねづね知識人の会議が一体何の役に立つのだろうと疑問に思っていました。現代では一九三七年（スペイン内戦の時代を指す）にスペインのバレンシアで行われたような真に歴史的な意味を持つごくわずかな会議を別にすれば、大半が単なるサロンのお遊びの域を出ていません。にもかかわらず、数多くの会議が開催され、世界危機が高まるにつれて、その数はもちろん、人数も増え、かかる費用も膨大なものになっています。ノーベル文学賞は今年に入って作家会議、芸術フェスティヴァル、対話、あらゆる種類のセミナーから二千通ほど招待状を受け取ったと明言しています。つまり、世界のいろいろな場所で一日に三つ以上の会議が行われている計算になるわけです。組織内にある会議は、費用を組織が負担する形でいろいろな場所で開催されていて、その中にはローマやアデレードといったうらやましいような場所をはじめ、スタヴァンゲル（ノルウェー南西部の町）やイヴェルドン（スイス西部の町）といったおやっと思うような土地、あるいはポリフェニックス、クノッケ（ベルギー北部の小さな町）といっ

たクロスワード・パズルにでも出てきそうな名前の場所で行われています。要するに会議がたくさんあるのです。会議が多く、テーマも多岐にわたっています。昨年は、詩の会議を組織するための世界会議がアムステルダムのムイデン城で開催されています。会議中に生まれた気のいい知識人が、次々に行われる会議において成長し、一人前の大人になり、休息と言えばある会議から別の会議に移動する間だけという生活を送って、最後の会議ですっかり年老いて死ぬというのも、あながち冗談とは思えないほどです。

とは言っても、ピンダロスがオリンピック競技で勝利を収めて（古代ギリシアの詩人ピンダロスが運動競技の優勝者のために作った『競技祝勝歌』を指すと思われる）以来、われわれ文化の職人が歴史を通じて保持し続けてきたこの習慣を中断するのは、今となってはもはや遅すぎるように思われます。当時は肉体と精神が今よりも相和していたので、詩人《バルド》たちの声は競技者の勝利と同じように競技場で歓呼の声で迎えられたのです。紀元前五〇八年からローマ人は、運動競技をやりすぎるのは危険だとうすうす勘づいていたにちがいありません。ですから、その頃に百年競技会《フェゴス・セクラーレス》が、その後百二年競技会《フェゴス・テレンティノス》が創始されたのですが、この二つは百年ごと、あるいは百二年ごとに開催されたもので、現在でも手本とすべき定期性を備えています。

中世にも文化の会議があって、そこでも旅芸人《フグラール》（中世に歌や踊り、手品、軽業などの見世物をしてあちこちの町や村をまわっていた人たち）が、次いで吟遊詩人《トゥルバドゥール》（中世の南仏を中心に登場してきた口承詩人たち）が討論し、トーナメントをしていました。その後、旅芸人と吟遊詩人が一緒になって討論を行い、トーナメントをするようになったのですが、それが競技ではじまり、喧嘩で終わるという、いまだにわれわれがしばしば苦しめられている伝統のはじまりになったのです。しかし、輝かしい時代が訪れて、ルイ十四世の治世下で大盤振る舞いの饗宴が催されました。誓って言いますが、ここでそれについて触れるのは決して妙な下心があるからではありません。ともあれ、その饗宴では十九頭の牛、三千個のケーキ、二百樽以上のワインが供されました。

旅芸人と吟遊詩人の演奏会が頂点を迎えたのは、トゥルーズで催された《花の競い》でした。これは今から六百六十年ほど前にはじめられ、詩的な集まりの中でもっとも古く、長く続いたもので、その意味では継続性のモデルとも言えます。創設者のクレメンシア・イサウラは進取の気性に富んだ、美しく知的な女性でしたが、唯一の問題は彼女が実在しなかったのではないかと思われることです。七人の吟遊詩人がプロヴァンスの詩の火を消すまいとしてコンクールをはじめたのですが、おそらくあの女性は彼らが考え出した人物だったのでしょう。しかし、実在しないということが逆に詩に備わる創造力のひとつの証しになっています。というのも、トゥルーズのラ・ドラダ教会には今もクレメンシア・イサウラの墓があり、彼女の名がつけられた街路と記念碑が建っています。

さて、このあたりでわれわれはここで何をしているのか自分に問いかけてもいいでしょう。

私はつねづね、講演というのは人間がかかわる事柄の中でもっとも恐ろしいものだと考えています。その私がこうして一段高いところに立って話しているのですから、そう問いかける責務があります。今の疑問に対して解答ではなく、ひとつの提案をしてみたいと思います。知識人の会合では今までほとんど行われた例しのないこと、つまり実際的な有用性と継続性を、ここに集まったわれわれで生み出していくというのはいかがでしょう？

開催にあたって、今回の集まりの際立った特徴について触れておきたいと思います。ここには作家、画家、音楽家、社会学者、歴史学者のほかに著名な科学者のグループも出席しておられます。科学と芸術の合同会議はこれまで忌避されてきたのですが、われわれはあえてそれに挑戦しようとしました。つまり、今なお予感には洞察力が備わっていると思っている人たちと、検証可能な事実しか信じない人たちにひとつの場に集まっていただくことにしたのです。霊感と経験、本能と理性、この二つのものは古来敵対していましたが、サン＝ジョン・ペルス（一八八七―一九七五。フランスの詩人。一九六〇年、ノーベル文学賞受賞）は記憶に値するノーベル文学賞受賞講演で《科学者も詩人も》と言いました。《思想に備わる無私の精神を敬わなければならない》と言って、今述べたようなジレンマを一刀両断のもとに切り捨てました。少なくともこの場では、皆さんはお互いにいがみ合っている兄弟のような関係にならないでください。なぜなら、ともに同じ深淵の縁に立って同じ問いかけをしているのですから。

科学は科学者だけがかかわるものだという考え方が反科学的であるように、詩は詩人だけがかかわるものだというのも反詩的な考え方です。その意味では、ユネスコ――国際連合教育科学文化機関――、この名称が深刻な誤解を生んでいます。教育・科学・文化の三者は別々のものではなく、ひとつのものなのです。なぜなら、文化とは創造力に備わる総合的な力、つまり人間の知性を社会的に活用することなのです。あるいは、ジャック・ラング（一九三九― 。文化に理解のあるフランスの政治家）が一言で要約したように、《文化がすべてである》と言ってもいいでしょう。すべての人を迎え入れるこの場所に、皆さん、ようこそいらっしゃいました。

これから三日間、隠遁生活を送ることになりますが、その間に考えるべきことを少し話させていただきます。最初に、そんなことは言われなくてもわかっていると言われるかもしれませんが、次の点を指摘しておきます。つまり、世紀末も半ばになりましたが、この時期に下す決定はどのようなものであれ、二十一世紀に向けての決定ということになります。しかし、ラテンアメリカとカリブの人間は、新しい世紀を目前にしつつも、自分たちは二十世紀をすっ飛ばして生きてきたのではないかとやりきれない思いでいます。今世紀の苦しみを味わいはしましたが、生きては来なかったのです。世界の半数の人たちは二〇〇一年の夜明けを、千年の頂点だと言って祝うことでしょう。しかし、われわれは産業革命のもたらした恩恵を遠くから眺めているにすぎません。今小学校に通っている子供たちが来るべき世紀におけるわれわれの運命を担うことになりますが、その子供たちは、いまだにはるか遠い古代の会計係のように指を折って数字を数えています。その一方で一秒間に十万回の演算ができるコンピューターも存在しているのです。われわれはこの百年の間に十九世紀のもっともすぐれた美徳、すなわち燃えるような理想主義と人間感情の優位性——愛がもたらす驚きを失ってしまいました。

来るべき千年のどこかの時点で、遺伝子学によって永遠の生命が実現可能になり、電子工学の知性が新しい『イリアス』を書こうというとんでもない夢想を抱くかもしれません。そして、月面に建てられた家ではオハイオ、あるいはウクライナ出身の恋人同士が望郷の念に駆られながら、地球の光が射し込むガラス張りの庭園で愛し合うことでしょう。一方、ラテンアメリカとカリブは今ある現実から抜け出せずに死んでいくにちがいありません。大地がもたらす災害、政治的、社会的災厄に見舞われ、日々の生活やあらゆる種類の依存、貧困、不正に休みなく攻めたてられているせいで、過去の教訓から学んだり、未来に思いを馳せる余裕はないでしょう。アルゼンチンの作家ロドルフォ・テラグノ（一九四二—　。政治家でもある）はこうしたドラマティックな状況を次のように要約しています。《われわれはエックス線やトランジスターを、蛍光灯や電子メモリーを使ってはいるが、いまだに現代文化の基盤となるものを自分たちの文化に組み込んではいない。》

幸いなことに、ラテンアメリカとカリブには極めつきの財産があります。世界を動かせるほどのエネルギー、すなわちわれわれの民衆が持っている危険な記憶です。それは本質的な、われわれの生活と切り離せない多様な性格を備えた基本的なものに先行して存在している文化的世襲財産です。つまりそれは、言語活動の秘められた部分、手仕事をするわれわれの守護聖女ともいうべき混血の処女の内にはっきりうかがえる抵抗の文化ですが、これこそ植民地化を推し進めようとする聖職者権力に対抗する民衆の真の奇跡です。連帯の文化でもあります。連帯は、飼い馴らすことのできないわれわれの自然を犯罪的な形で破壊するのを目にする時に、あるいは自分たちのアイデンティティと主権を求める民衆の反乱の内に明確な形で現れています。それは抗議の文化でもあります。抗議はわれわれの神殿で職人仕事をする天使のようなインディオの顔に、あるいは死の不気味な力をどこかで懐かしみつつ払いのけようとする、万年雪を歌った音楽の内に現れています。日常生活の中の文化は、料理、服装、重要な意味をもつ迷信、二人だけで行う愛の儀式、そうしたものについて空想を巡らせる時に現れてきます。それはまた、祝祭、違反行為、神秘の文化であり、現実という拘束服を引き裂き、最終的に分別と想像力、言葉と身振りをひとつに結び合わせますし、どのような観念も遅かれ早かれ生活によって追い越されてしまうのだということをはっきり証明しています。これが発展途上国であるわれわれの力なのです。われわれには斬新さと美のエネルギーが備わっています。それがあるおかげでわれわれは自足しているのです。このエネルギーは、帝国の貪欲さや内なる圧制者の蛮行によっても、また、心の奥にしまいこんでいる夢を言葉にすることに対して太古からわれわれが抱いている恐怖によっても飼い馴らされることはないでしょう。革命でさえ文化事業なのです。われわれ全員が未来に深い信頼を置くように求め、それを正当なものにする創造的な召命であり、創造の可能性の全体的な表現にほかならないのです。

この大陸の国々では想像力が押しとどめようのない奔流のようにあふれ出しています。それをうまく方向づける新しい形の実践的な組織がぼんやりとでも浮かび上がるところまで持っていければ、日々世界中で開催されている会合のひとつではなく、それを超えたものになるでしょう。この会合で新大陸の創造者たちが意見交換をして連帯を深め、歴史的な継続性を持たせて、人間の営みの中でももっとも神秘的で孤独な知的創造を社会的により広範囲にわたり、深みのある有効なものにできるはずです。そうすれば、われわれにとって無縁な五世紀（コロンブスの新大陸発見以後の五世紀のこと）を一気に飛び越えて、過ぎ去った千年を地平線上に眺めながら新しい千年へと確かな足取りで踏み込んでいく一刻も猶予できない政治的決断に決定的な貢献をすることになるでしょう。

*ラテンアメリカ諸国の主権のための第二回知識人会議にて。
カサ・デ・ラス・アメリカス（一九五九年に創設されたキューバ文化省に付属する文化協会で、ハバ

ナにある）の本部で開催された会議の開会式における中心的な講演。その会議には新大陸全体から三百人の知識人が出席したが、その中にはフレイ・ベット（一九四四―　。ブラジルの作家）、エルネスト・カルデナル（一九二五―　。ニカラグアのカトリック司祭、作家、政治家）、フアン・ボッシュ（一九〇九―二〇〇一。ドミニカの作家、歴史家）、ダニエル・ビグリエッティ（一九三九―　。ウルグアイの民衆的な歌手、作曲家）、オスバルド・ソリアーノ（一九四三―九七。アルゼンチンの作家、ジャーナリスト）なども含まれていた。

ダモクレスの大災厄

――メキシコ、イスタパ・シワタネーホ。一九八六年八月六日

最後の爆発から一分後に、人類の半分以上が死滅し、炎上する大陸から立ち昇る粉塵と煙が太陽光を遮り、完全な暗闇がふたたび地上を支配するでしょう。オレンジ色の雨とブリザードが大洋の潮の流れを変えて、川は逆流し、そこに棲む魚たちは煮えたぎる湯の中で死滅し、鳥は空を探し求めるでしょう。サハラ砂漠は万年雪に覆われ、広大なアマゾン地方は雹が降り注いだせいで地表から姿を消し、岩石と移植された心臓の時代は終わり、幼年期の氷河時代に戻るでしょう。その脅威から逃げ延びたわずかばかりの人間と、大惨事が起こった不吉な月曜日の午後三時に安全なシェルターに身を隠すことのできた特別な人たちだけが生き残りますが、その人たちも身の毛のよだつような恐ろしい記憶がもとで死んでいくことでしょう。創造はそこで終わりを告げ、湿気と永遠の夜に包まれた最終的な混沌の中で、唯一ゴキブリだけが生存し続けるはずです。

各国の大統領閣下、首相、並びに友人諸氏の皆様、今述べたのは、パトモス島に流された聖ヨハネの妄想（ローマ帝国によってパトモス島に流されたヨハネがキリストの啓示を受けて書いたとされる『黙示録』のこと）の下手な剽窃ではなく、今、この瞬間に起こるかもしれない宇宙的な災厄の予見なのです。強国の弾薬庫の中で、片方の目で眠り、もう一方の眼で見張りを続けている核貯蔵庫の中の最小部分が——上からの命令によるものか、偶発的なものかを問わず——爆発した際の状況です。

一九八六年八月六日現在、世界中に五万発以上の核弾頭が配備されています。これを一般家庭に置き換えてみると、子供たちを含むすべての人が四トンのダイナマイトが詰まった樽の上に腰を下ろしている計算になりますし、それが一気に爆発すれば、地上のあらゆる生命を十二回消し去ることができます。大災厄はダモクレスの剣（シラクサの僭王ディオニュシオスの宴に招かれたダモクレスの頭上に剣が細い毛で吊りさげられていた。権力者であっても、どのような危険が待ち受けているか分からないことを教えようと僭王が吊るしたという故事）のようにわれわれの頭上にあり、この恐るべき脅威がもつ破壊力は理論上、太陽の周りをまわる惑星はもちろん、さらに四つの惑星の動きを止め、太陽系のバランスにまで影響を及ぼす可能性があります。四十一年前にはじまった核産業はこれまで何倍にも膨れ上がってきましたが、これはいかなる科学、芸術、産業もなしえなかったことです。さらに、人間の発明の才が生み出したどのような創造物も、世界の運命にこれほど強い決定力を持ったことはありません。

以上、起こりうる恐ろしい出来事の要点をかいつまんで話しましたが、それが多少とも役に立つのかどうかはわかりません。ただ、ひとつ慰めがあります。それは核がもたらすさまざまな実害よりも、地上において人間の生命を維持する方が、費用的に安くつくのです。というのも、もっとも裕福な国々が、死をもたらす地下ミサイル格納庫に身の毛のよだつような黙示録の世界を閉じ込めていますが、それらは単にそこにあるというだけで、全人類が今よりももっと幸せな暮らしをする可能性を食いつぶしているのです。

児童援助を例にとってみますと、これは初等の算術でもすぐに答えが出ます。一九八一年、ユニセフは世界でもっとも貧しい五億人の子供たちの抱えるきわめて深刻な問題を解決するためのプログラムを作成しました。その中には基本となる児童援助をはじめ、初等教育、それに衛生条件や飲料水と食糧の補給の改善が含まれていました。全体で一千億ドルかかるので、夢物語のように思われていました。しかし、この金額は戦略爆撃機百機分とほぼ同じくらいで、七千発の巡航ミサイルよりも安くつくのです。アメリカ合衆国政府はこのミサイルを作るために、二百十二億ドル拠出することになっています。

健康を例にとってみましょう。アメリカ合衆国は西暦二〇〇〇年までにニミッツ級の核搭載型航空母艦を十五隻建造する予定ですが、そのうちの十隻分のお金があれば、二〇〇〇年までの間に十億人以上の人々をマラリアから守り、アフリカだけで一千四百万人以上の子供の命を救うことができる予防プログラムを実施することができるはずです。

食糧問題を取り上げてみましょう。昨年の《国連食糧農業機関》の計算によると、世界には飢餓で苦しんでいる人が五億七千五百万人います。その人たちに必要な平均的カロリーを摂取させるためには、西ヨーロッパ諸国で配備される予定のMXミサイル二百二十三発のうち百四十九発分の費用を充てれば、おつりがくるくらいです。そのうちの二十七発分で、貧しい国々が今後四年間十分な食糧を手に入れるのに必要な農業機器を買うことができるはずです。しかも、ソビエトの一九八二年度の軍事予算の九分の一以下の費用でこのプログラムを達成することができるのです。

教育について言うと、アメリカ合衆国の現政府は原子力潜水艦トライデントを二十五隻建造する予定で、ソ連は潜水艦タイフーンをほぼ同じ数だけ建造中ですが、そのうちのわずか二隻分で世界中の人たちに識字教育を行うという夢物語が実現可能になります。他方、トライデントⅡミサイル二百四十五発分を充てれば、学校の建設、および今後十年間の教育の付加的な要請に応えるために、第三世界で必要とされる資格取得にかかる費用を捻出できます。それでもまだ、四百十九発のミサイルが余りますから、それでその後さらに十五年間の教育費の増大に対応できるのです。

その時期の軍事費の六分の一を少し超えるくらいの費用をかければ、第三世界全体の対外借款の抹消と十年間の経済復興が実現可能になるだろうということを最後に付け加えておきます。それにしても、とてつもない経済的乱費が行われているわけですが、それ以上に深刻で憂慮すべきなのは人的な意味での無駄遣いです。軍需産業がもっとも多くの賢人たちを抱え込んでいるからです。人類の歴史の中で賢人たちが何らかの企画を立てるために集まったことは一度もありません。彼らはわれわれの一員であり、本来いるべき場所は向こうではなく、ここ、このテーブルなのです。教育と正義の分野で、われわれを野蛮な状態から救い出すことができる唯一の行為、つまり平和文化創出の手助けをしてもらうためには、彼らを解き放って自由にすることが不可欠なのです。

こうしたことは火を見るよりも明らかなのに、武器競争は片時も休まず進行しています。今、われわれがこうして昼食をとっている間にも、新たに核弾頭が一つ作られています。明日の朝、目が覚めるまでには、裕福な国々の半球では、死をもたらす武器貯蔵庫にさらに九つの核弾頭が収められていることでしょう。その核弾頭が一つあれば、秋のある日曜日、たとえ一日だけだとしても、ナイアガラの滝をビャクダンの香りで包むことができます。

現代のある偉大な小説家が、地球はほかの天体の中にあって地獄ではないのだろうかと自問したことがあります。しかし、おそらくそれよりもはるかに悪いでしょう。大いなる祖国である宇宙のいちばん端にあって、神々の手から滑り落ちた記憶を持たない集落でしかないのです。ですが、太陽系の中で生命の大冒険が実現された唯一の星であるという考えが強くなっています。と同時に、そこからわれわれを意気阻喪させるような結論が否応なく導き出されています。つまり、武器競争は知性に逆らうものだということなのです。

人間の知性だけでなく、詩の鋭敏な洞察力をもってしてもその意図が汲み取れない自然の知性そのものにも逆らう競争です。地上に生命が目に見える形であらわれて以来三億八千万年の時が流れて、ただ美しいというだけの理由でバラの花が誕生してきました。それから四つの異なった地質時代を経て、曾祖父にあたるピテカントロプスと違い、小鳥よりも美しい声で歌い、恋に身を焦がして死ぬことのできる人類が誕生したのです。大いなる無駄な浪費を何千年、何万年も続けたあと、科学の黄金時代に、ただボタンを押すだけという単純きわまりない操作ひとつで世界を元の無に戻す方法を考え出したというのは、優れた能力を備えた人間にとって決して誇れることではありません。

われわれがここに集まったのは、武器のない、正義と平和の支配する世界を求める無数の声に唱和して、そんなことが起こらないようにするためなのです。しかし、もし起こったとしても——いや、起こったとすれば、なおさら——、われわれがここに集まったことが意味のあるものとなるでしょう。いずれ、種のすべての階梯を登りつめて勝者となったサンショウウオが、おそらく新たな創造の中でもっとも美しい女王として王冠を授けられるでしょう。その気味の悪い戴冠式に招かれたものたちが、現代のわれわれと同じ恐怖心を抱いてその祝典に出かけていくような事態になるかどうかはわれわれに、科学に従事する男女、芸術と文学に携わっている男女、知性と平和を愛する男女、つまりわれわれ全員に関わっています。謙虚な思いを抱きつつ、同時に強い決意をもって、襲いくる核の洪水を生き延びることのできる記憶の箱を構想し、それを製作する約束を今、ここにおいてしようではありませんか。恒星の遭難者が時間の大洋に流した一本の瓶で、未来の人類がゴキブリから語って聞かされることのない出来事をわれわれを通して知ることになるでしょう。すなわち、かつてここに生命が存在したこと、そこでは苦しみが広がり、不正が支配していたと同時に、われわれが愛を知り、幸福とはどういうものかを想像できたのだと知ることになるはずです。いったい誰のせいでわれわれはこのような災厄に見舞われたのか、可能な生命の中でこの生命がもっともすぐれたものになるように平和を求めるわれわれの声に一切耳を貸さなかったのは誰なのか、卑しい利益を追い求めて宇宙から生命を抹殺した野蛮きわまりない発明とはどのようなものなのかを明らかにしなければなりません。

＊アルゼンチン、メキシコ、タンザニア、ギリシア、インド、スウェーデンの六か国のグループが、核の脅威を前にして平和と武装解除に関してイスタパ・シワタネーホ（太平洋岸に面したメキシコのリゾート地）で行った会議の開会講演。その会議にはメンバーになっている国々の大統領と首相、すなわちアルゼンチンのラウル・アルフォンシン、メキシコのミゲル・デ・ラ・マドリッド・ウルタードの各大統領、ギリシアのアンドレアス・パパンドレウ、スウェーデンのイングヴァール・カールソン、インドのラジーヴ・ガンディー、タンザニアのジュリウス・ニエレレの各首相が出席した。

不滅のアイデア

——キューバ、ハバナ。一九八六年十二月四日

そもそものはじまりはこの建物の入り口に建っている二つの高圧電線の塔です。およそ優雅とは言えないコンクリート製のシマウマを思わせるぞっとするような代物で、心無い役人が正当な所有者に断わりもなく、正面の庭園の中に建てるように命じて出来上がったものです。塔はわれわれの頭上で、今この瞬間も一億一千万ワットの電流が流れている高圧電線を支えていますが、それだけの電気があるとテレビなら百万台、映写機なら二万三千台を動かすことができます。塔の話を聞いてびっくりしたフィデル・カストロ首相は、何かいい手立てではないかと思って半年前にここへやってきました。そこでわれわれは《ラテンアメリカ新映画財団》が夢をはぐくむのにこの建物を利用してみたらどうだろうと考えました。

むろん塔は今もそこに建っています。ただ、建物が美しくなるにつれて、いっそうその見苦しさが目立つようになってきました。ヤシの木や花をつける木を植えてみたのですが、小手先でごまかそうとしてもその醜さを隠すことはできません。われわれは敗れ去りました。

その敗北を勝利に変えるためには、ありのままの塔として見るのではなく、無様な彫刻だと考えるしかないと考えております。どうか、皆さん方も彫刻だと思って眺めてください。

この建物を《ラテンアメリカ新映画財団》の本部にしたのですが、そうしてはじめて、この歴史はこの二つの塔にはじまり、終わるものではない、建物について言われるさまざまなことは真実でもなければ、嘘でもないのだということに気がつきました。これこそまさに映画です。といいますのも、すでにお気づきかと思いますが、トマス・グティエーレス・アレア（一九二八―九六。キューバを代表する映画監督）が『生存者たち』（邦題は『天国の晩餐』）という映画を撮影したのがほかでもないこの場所です。映画が完成して八年、キューバ革命が勝利して二十七年、振り返って見るとあの映画は想像力の歴史における新しい真実でも、キューバ史のひとつの虚偽でもなく、現実の生活と純粋な作り話の中間に位置している第三のリアリティなのです。それこそが映画のリアリティであり、あの映画はその一部を形作っています。

われわれは最終目標としてラテンアメリカ映画の統合を目指していますが、その目標に向かって歩み出すにはここほど適した場所はありません。単純と言えば単純ですし、同時に途方もない試みです。しかし、単純だからといって非難されることはないでしょうし、新しい歩み出しの一年目の第一歩としては気宇壮大すぎると叩かれることもないでしょう。今日はたまたま聖《サンタ》バルバラの日に当たります。あの聖女のお導きか、それともサンテリーア（カリブ海諸国で信じられているアフリカ起源の魔術的宗教）のなせるわざなのかはわかりませんが、この建物のもとの名前もやはり聖《サンタ》バルバラなのです。

来週、《ラテンアメリカ新映画財団》はキューバ政府から助成金をいただくことになっております。このような前例のない寛大な予算措置に対して、また、映画人としては世界でもっとも知られていないフィデル・カストロが、この組織を個人的に非常に大切に思っていることに対して、いくら感謝してもしきれません。具体的には、サン・アントニオ・デ・ロス・バーニョス（ハバナの南にあるキューバの町）にある《映画・テレビ国際学園》のことを言っております。ラテンアメリカとアジア、アフリカの専門家を育成する目的で作られたその学校には、現代技術の粋ともいえる機器が揃えられています。本部の建物は工事をはじめてわずか八か月で完成し、すでに世界の国々から教師を招いていますし、学生の選抜もすでに終わっています。その人たちの大半は今、こちらにきておられます。校長はフェルナンド・ビリ（一九二五— 。アルゼンチン出身で、ラテンアメリカのニューシネマの創設者）ですが、彼は非現実的なものに対する独自のセンスで有名なわけではありません。ほんの少し前、彼はアルゼンチンの大統領ラウル・アルフォンシンを前にして——その聖人のような顔の筋肉をピクリとも動かさずに——あの学校は《世界史上、映画とテレビに関するもっともすぐれた学校》ですと言ってのけたのです。

学校の性質から考えて、ここはわれわれがイニシアティブをとって行った事業の中でもっとも重要かつ野心的なものになるはずです。ただ、唯一のものというわけではありません。いくら専門職の人を育成しても、職に就けなければ、費用がかかるだけで失業率が高くなるにすぎないのです。ですから、この最初の一年目にしっかりした基盤づくりをしてきました。ラテンアメリカの映画、テレビの創造的な世界をより豊かなものにするための計画を広範囲にわたって立ち上げたのです。最初の計画は次のようなものです。

われわれは民間のプロデューサーと話し合いを持って、監督をすべてラテンアメリカの人間にして、三本のフィクショナルな長編映画と二本の長編ドキュメンタリーを制作することで合意し、さらにラテンアメリカ出身の映画監督、あるいはテレビのプロデューサーに依頼して一時間もののテレビ・ドラマを五本セットで作ることにしました。

また、せっかく企画がありながら実現できないとか、新たに企画を立ち上げようとしているラテンアメリカの若手映画人を救済するために公募を行っています。

ラテンアメリカの国々、そしておそらくはヨーロッパのいくつかの首都で映画を上映できる会場の確保に動いています。あらゆる時代のラテンアメリカ映画をつねに上映し、その研究を行いたいと考えています。

ラテンアメリカ諸国での映画愛好家による映画コンクールの開催も奨励しています。財団のそれぞれのセッションが、そのコンクールから資質に恵まれた人を前もって見出し、

《映画・テレビ国際学園》が未来の生徒を選抜する際の一助になるようにと考えてのことです。

ラテンアメリカにおける映画とテレビの置かれた状況、ラテンアメリカに関する視聴覚情報バンクの創設、さらに第三世界の独立映画のはじめてのフィルム・ライブラリー、以上三点に関する科学的な調査を支援しています。

さらに、ラテンアメリカ映画の全歴史とスペイン語による映画とテレビの語彙統一のための辞書の作成の支援も行っています。

財団のメキシコ支局は、ラテンアメリカの新映画に関する重要な新聞記事や資料を国別に集めて、その出版をはじめています。

《ハバナ映画祭》の枠組みの中で、われわれは国内映画を保護するために制定されている法律のいくつかの点について創造的な方向で考え直すように、ラテンアメリカの国々と映画関係の組織に呼びかけています。そうした法律は多くの場合、映画を庇護するよりもむしろその手足を縛る結果になっていて、ラテンアメリカ映画の統合とは逆方向に向かっています。

一九五二年から一九五五年にかけて、今日この場に同席している四人の人間が《イタリア国立映画実験センター》で学んでいました。映画の文化次官ともいうべきフリオ・ガルシア・エスピノーサ（一九二六― 。キューバを代表する映画監督、シナリオ・ライター）とラテンアメリカの新映画の教皇フェルナンド・ビリ、もっとも著名な金銀細工の職人のひとりトマス・グティエーレス・アレア、それにこの人生で何とかして映画監督になりたいと思っていたのに、ついにその夢が果たせなかった私の四人です。当時からわれわれは、どういう映画を、どんなふうに制作すればいいかといったことを、今日のように熱心に話し合っていました。思想的にイタリアのネオリアリズムの影響を受けていたので、金をあまりかけずに、これまで作られたことのないほど人間味にあふれた映画を作ることを目指していました。とりわけ、あの頃からわれわれは、ラテンアメリカの映画は、もしそう望むのなら、ひとつにできると考えていました。今日の午後、三十年前のように同じテーマについて夢中になって話をしましたし、大陸全体から集まってこられたさまざまな世代の多くのラテンアメリカの人たちがわれわれとともに同じテーマについて話し合っています。このことは何があっても壊れはしない理念がきわめて強い力を備えている何よりの証しであると言えるでしょう。

ローマに滞在していた時、私は映画のスタッフの一員として一度だけですが、ワクワクするような体験をしたことがあります。映画の学校に通っていた時に、アレッサンドロ・ブラゼッティ監督（一九〇〇―八七。イタリアの映画監督）の『こんなに悪い女とは』の第三アシスタントに選ばれたのです。映画の勉強ができることよりも、大女優ソフィア・ローレンに会えるかもしれないというので期待に胸を躍らせました。ですが、一か月間野次馬が入らないよう街角に張ったロープを引っ張り続けるのがその仕事で、ついにあの女優には会えませんでした。小説家の仕事をするようになって数多くの仰々しい肩書をいただきましたが、今日はそれを忘れて、かつての第三アシスタントの肩書を思い出してこの建物における理事長として、映画関係の数多くの、ミステリアスな方々を代表して話をさせていただきます。

ここはあなた方の家、すべての方々の家です。ただ、ここには世界中どこへ行っても見られる《寄付金を受け付けます》と書かれた緊急の告知だけがありません。さあ、皆さん、どうか中へお入りください。

＊《ラテンアメリカ新映画財団》本部の開会式において。

マリアナオ地区の古い邸宅街の、旧別荘サンタ・バルバラの中にある財団の施設で、サン・アントニオ・デ・ロス・バーニョスの《第三世界学園》の名でも知られる《映画・テレビ・ビデオ国際学園》（ＥＩＣＴＶ）の開設にあたっての講演。ガルシア＝マルケスは、財団の理事長として挨拶した。

新しい千年への序言

——ベネズエラ、カラカス。一九九〇年三月四日

この無謀な展覧会は、人類が別なものに変わりはじめる歴史的瞬間に開催されます。ミラグロス・マルドナードが三年ほど前にこの展覧会を構想した時、世界は二十世紀——ほどなく終わろうとしている千年の中でもっとも不幸なひとつの世紀の薄闇にまだ包まれていました。人間の思想は心の中ではなく、紙に書かれた互いに相容れないドグマと功利主義的な思想にとらわれていました。そのもっとも明瞭な表れは、自分たちは人類の冒険のこの上もなく充実した時期にあるというおざなりで迎合的な作り話でした。そこにどこからともなく強風が吹き寄せ、泥まみれの足をもつ二十世紀という巨像にひび割れを生じさせ、いつからかははっきりしないのですが、自分たちは誤った道を歩んできたのだと教えたのです。いよいよ動揺の時代がはじまるのかと思われるでしょうが、実はその逆でした。つまり、思想が全面的に解放されて、人が誰からも支配されず、自分の頭脳で考えて、行動できる、そのような世界の誕生までの長い夜明けを告げる序章だったのです。

一四九二年、ヨーロッパ人の航海家たちの一団がインドに向かう途中でこの大陸に足を踏み入れました。その時おそらくコロンブス発見前から住んでいた祖先の人たちも今のわれわれと似たような経験をしたことでしょう。われわれの遠い先祖は火薬も羅針盤も知りませんでした。しかし小鳥と話をし、手洗い鉢の中に未来を読み取ることができました。おそらく果てしなく広がる夜空にきらめく星を眺めて、地球はオレンジのように丸いのではないのだろうかと考えたにちがいありません。現代のような知識はなかったのですが、彼らは想像力の達人だったからです。

彼らは《黄金郷》伝説を自分たちが実際に目にしたこととして語り、そうすることで侵略者から身を守りました。幻想的なその帝国の王は全身に金粉を塗り、聖なる池に身を浸したというのです。侵略者から《黄金郷》はどこだと尋ねられると、彼らは五本の指を広げて、同時に四方を指し、《こちら、あちら、ずっと向こう》と答えました。道はその数を増やし、錯綜し、たえず方向を変えながら、つねにもっと遠くへ、もっと向こうへ、もう少し先へと延びていきました。黄金熱に取りつかれた探索者たちがうっかり通り過ぎてしまい、帰路がわからなくなるように教えたものですから、ついには前に進むことも後戻りすることもできなくなりました。結局、《黄金郷》は見つからず、目にした人もいませんでした。そもそも《黄金郷》など存在しなかったのです。しかし、《黄金郷》が誕生することで中世が終わりを告げ、世界は大いなる時代のひとつへと歩み出すことになりました。その名前、すなわちルネサンス（再生）という名称が何よりもそうした変化の大きさをよく物語っています。

それから五世紀後、ニール・アームストロングが月面に降り立った時に（一九六九年七月二十一日）、新しい時代の幕が切って落とされたと感じて、人類はふたたび震えるような感動を覚えました。われわれはシチリアの南にある、焼けつくような陽射しが照り返す荒涼としたパンテレリア島で、月面をおぼつかなげに探っているいる神話的と言ってもいいあの靴が映し出されているテレビの画面を、不安な思いで見つめていました。そこにいたのは子供連れのヨーロッパ人夫妻が二組と、同じく子供連れのラテンアメリカ人の二組の夫婦でした。われわれが息をひそめるようにして画面を見つめていると、ついに宇宙服の靴が凍りついた月面のほこりの上に降り立ちました。その瞬間、アナウンサーが《人類史上はじめて人間が月面に降り立ちました》と世紀のはじめから誰もが考えてきたにちがいない言葉を口にしました。われわれはひとり残らず恐るべき歴史的瞬間に立ち会って、まるで宙に浮かんでいるような気持ちになっていました。ただ、ラテンアメリカの子供たちだけは別で、口をそろえて、《本当にはじめてなの？》と尋ねました。そのあと、《ばかみたい！》と言ってがっかりしたように部屋から出ていきました。彼らにとっては、《黄金郷》と同じで、一度でも思い浮かべたことがあれば、それは現実に起こったのと同じ意味を備えています。宇宙征服も、ゆりかごの中で思い描いたように、すでに起こったことにほかなりません。想像の中で実際に起こったことなのです。

その考えに立てば、近未来の世界では前もって定まったものは何ひとつなく、聖別された幻覚も必要なくなるでしょう。昨日真実だった多くのものが、明日はそうでなくなるでしょう。形式論理学は、今でこそなくなったが人々がかつて習慣的に間違いを犯していたのはなぜなのかを子供たちが知るための、教育メソッドにまで下落するでしょう。現代の情報通信工学は巨大で複雑なものになっていますが、テレパシーによって単純化されるでしょう。それは教養ある原始主義とでも言えるもので、その基本的なツールは想像力になるはずです。

世界ではじめてクリエイティヴな想像力を生み出したのはラテンアメリカですが、そのラテンアメリカの時代にわれわれは踏み込もうとしています。想像力とは、新世界でもっとも豊かで必要不可欠な基本的資質です。その新世界から生まれた幻視的な画家百人が描いた百枚の絵は、ただ単に展示されているだけではありません。それはまだ発見されていないひとつの大陸の大いなる予感であり、その中で死は至福感に打ち壊され、永遠の平和、ゆとりある時間、健康、温かい食べ物、心地よいリズムのルンバ、そうした万人にとってよきものが今よりもふんだんに手の届くものになるでしょう。それを二つの言葉でいうと、もっと愛《マス・アモール》を、ということになります。

＊展覧会《形態と心象。ラテンアメリカにおける絵画七十五年　一九一四―一九八九》の開会式。
ベネズエラの批評家ロベルト・ゲバラが保存管理し、ミラグロス・マルドナードがコーディネート

した展覧会が美術館において催された。この講演は展覧会のカタログに序言として収録された。

展覧会に展示されたのは以下の芸術家の作品である。コロンビアのアントニオ・バレーラとアルバロ・バリオス、キューバのホセ・ベディア、ブラジルのシロン・フランコ、メキシコのフリオ・ガラン、アルゼンチンのギリェルモ・クイトゥカ、キューバのアナ・メンディエータ、ベネズエラの小鳥《パハロ》フアン・ビセンテ・エルナンデス、ベネズエラのパンチョ・キリシ、プエルトリコのアルナルド・ローチェ、ブラジルの砂蚤《トウンガ》アントニオ・ジョゼ・デ・メロ・モウラン、ベネズエラのカルロス・セルパ。

ラテンアメリカ生態学同盟

――メキシコ、グアダラハーラ。一九九一年七月十九日

大統領閣下、国王陛下、友人諸氏の皆さん、

これから読み上げるのは、私も名を連ねている百人の会が作成した文書の要約で、この文書にはラテンアメリカの数多くの作家と芸術家がサインをしています。なお、文書の全文はこの集まりの中で配付されることになっております。

地球は今、史上最悪の生態学的な危機に見舞われています。世界の熱帯の森の約半分が消滅しました。毎年、千六百万から二千万ヘクタールの森が消えて行き、一時間に一種類の生物が絶滅しています。西暦二〇〇〇年までに、アメリカ大陸にある四分の三の熱帯の森林が伐採され、生物の種の五十パーセントが姿を消しているでしょう。この天文学的な災厄の犠牲になって、ラテンアメリカとカリブ海にコロンブス発見前から存在している十八以上のもっとも重要な共同体が歴史から姿を消していくにちがいありません。

他方、毎年数百万トンの有害廃棄物がわれわれの海や河川に投棄されています。先進国が

われわれの海や河を有毒物質の巨大なゴミ捨て場に変えてしまったのです。こうした廃棄物の七十八パーセントはアメリカ合衆国からきています。つまり、自然が何百万年もかけて創り出してきたものを、われわれ人間はわずか四十年少しで破壊してしまうのです。

幸いなことに、ラテンアメリカにはそれよりもはるかに大きな救いがあります。地球上には熱帯の森林が九億ヘクタールありますが、われわれはそのうちの五十八パーセントを所有していて、ブラジルの森林はそのうちの三十三パーセントにすぎません。パナマにはヨーロッパ全土と同じ数の植物が繁茂し、ペルーのタンボパタ自然保護区（ペルー・アマゾンにある保護区）は世界でもっとも豊かな小鳥と植物の生息地です。ベネズエラのテプイス（正しくはテプイ。ベネズエラとガイアナにまたがって広がるテーブル・マウンテンのある地域）の動植物は本当の意味で自然の宝庫です。ラカンドン（グアテマラとの国境に近いメキシコの少数部族ラカンドン族の住む地域）の森は北半球でもっとも大きな熱帯雨林が広がる土地です。地球上の淡水の五分の一が毎日アマゾン川を流れ下っていますし、その流域は世界でもっとも豊かで複雑な生態系を備えています。そこにはこの上もなく豊かな生物の種が棲んでいて、地球の小鳥の全種類の五分の一が生息しています。アメリカでもっとも数多くの渡り鳥が飛翔するコースは、メキシコ東部を抜け、中央アメリカを横断し、目的地のアマゾン川流域にたどり着きます。メキシコとコロンビアは世界でもっとも多種多様な動植物相を持つ四つの国の中に含まれています。しかし、われわれの政府が互いに連携し、エネルギッシュで粘り強い活動を続けなければ、最終的な大災厄からこうした豊かな自然を守り抜くことはできないでしょう。

各国の大統領閣下、われわれラテンアメリカの芸術と文学に携わる多くのすぐれた人たちで構成されたグループは、あなた方に生態学的同盟を具体化するよう提案したいと思ってここにやってきました。世界を救済するのはたやすいことではありませんが、この同盟はきっと天佑となることでしょう。

＊《百人の会》の第一回イベロアメリカ首脳会議。
ガルシア＝マルケスは、新大陸の《芸術と文学に携わる人間》の名前で、ラテンアメリカ生態学同盟の創設のための予算を渡すために、その活動の二日目と最終日にこの首脳会議に出席した。

一九八五年三月一日に設立された《百人の会》は、環境問題に関する議論とその解決に積極的にかかわっていく芸術家と知識人、科学者の協会のことである。

私はここにいない
――キューバ、ハバナ。一九九二年十二月八日

今朝、ヨーロッパのある新聞に目を通していると、私はここにいない、という記事が出ていました。いつだったか、フィデル・カストロに寄贈してもらった邸宅にある家具や書籍、レコード、それに絵画を私が持ち出し、さらにキューバ革命を批判したぞっとするような小説の原稿をある国の大使館を通して引き上げようとしている、という私自身に関する噂を耳にしたことがあるものですから、今朝の記事を読んでも驚きませんでした。

ご存じなかった人たちは、今の話で事情がおわかりいただけたと思います。今日の午後、私がここへきても、映画ホールの開会式に出席できないという記事も、以前の噂と似たような理由によるものでしょう。それはともあれ、このホールは映画、および映画に関わりのあるすべてのものと同じように視覚的な幻覚としか思えません。びっくりしたのとこんなことが現実にありうるのだという思いが強いものですから――コロンブスが新大陸にたどり着いて五百年と一か月二十六日目にあたる――今日、目にしていることがとても現実とは思えな

いのです。

新大陸の歴史の中で、決定的な意味を持つ奇跡がいくつか起こりましたが、そのひとつがこの国の驚くべき科学的進歩です。建物のまわりで大いなる幻影としか言いようのないことが現実のものになっています。しかし、今回のはそれらとはまた違ったものです。どのような映画館も、ここほど聡明で度量の大きい隣人を持ったことはないでしょう。ホールの存続が危ぶまれていた時、隣人たちはわれわれのドアをノックしました。それは何かを依頼するためではなく、救いの手を差し伸べるためでした。現在、《ラテンアメリカ新映画財団》が正当な互恵関係の中で、キューバの科学共同体とともに、互いに言うべきことが多々あるのを十分承知しながらこのホールを共同利用している理由はそこにあります。これは何ら目新しいことではありません。サン＝ジョン・ペルスがノーベル賞受賞の際に行ったすばらしい講演の中で、科学と芸術の淵源とその方式がどの程度まで共通しているかを明快に述べた通りです。あなた方もおわかりの通り、私はここにいないにしてはいろいろなことを話させていただきました。できれば今回のことで、私の家具や書籍、短編をもう一度こちらに運んでくるだけの元気が出て、トリチェリ（一六〇八―四七。イタリアの物理学者で、ガリレオの弟子）の法則によってこの建物のようなたくさんの石造建築物をつくるための最初の石をどこかから運んでくることができるように願っています。

＊《ラテンアメリカ新映画財団》の映画ホールの開会式。《グラウベル・ローシャ（一九三九―八一。ブラジルの映画監督、俳優、脚本家。シネマ・ノーヴォの旗手として知られ、新しい映画の創造を目指した）映画ホール》は、《ラテンアメリカ新映画財団》本部の文化複合体の一部を構成している。それ自体が文化センターになっているこのホールでは、映画を上映するだけでなく、種々のセミナーや、自国のそれはもちろん、国際的な会議も行われ、演劇、ダンス、室内音楽も上演されている。

ベリサリオ・ベタンクール、七十歳の誕生日を記念して
——コロンビア、サンタフェ・デ・ボゴタ。一九九三年二月十八日

時差の計算を間違えて、明け方の三時に大統領宮殿に電話を入れてしまい、共和国大統領が直接電話口に出られたので、恐縮する以上に慌てふためいたことがありました。《どうかお気づかいなく——と大統領は高位の聖職者のようなゆったりした口調で言われました——、多忙で煩瑣なこういう役職に就いていると、詩を読めるのはこの時間くらいのものなのです。》不安定な権力の座にあるベリサリオ・ベタンクール（一九二三— 。一九八二年から四年間コロンビアの大統領職にあった）大統領は、あの日の明け方ドン・ペドロ・サリーナス（一八九一—一九五一。知的で繊細な詩風で知られるスペインの詩人。内戦で米国に亡命し、そこで没した）の数学的な詩を読み返しておられたのです。おそらく、しばらくすると現実生活の信じがたいニュースを掲載した新聞が届いて、新しい一日を辛く厳しいものに変えたことでしょう。

九百年前、アキテーヌ公ギヨーム九世（一〇七一—一一二六。中世フランスの貴族）は戦いに明け暮れる毎日の中で眠れぬ夜を迎えると、放縦なシルヴァントや愛のロマンス（ともに中世の

吟遊詩人が用いた詩形）を作ってやり過ごしました。ヘンリー八世（一四九一―一五四七。テューダー朝のイングランド王）は特異な図書館（ヘンリー八世は各地の修道院を破壊したが、それとともに数多くの書籍も失われたことを指す）を荒廃させ、トーマス・モア（一四七八―一五三五。イギリスのヒューマニスト、政治家。当時の政治社会を批判した『ユートピア』の著者として知られる）の首をはね、最後はエリザベス朝期に書かれた作品群の詞華選の作成中に亡くなっています（エリザベス朝は一五五八年にはじまるが、ヘンリー八世は一五四七年に亡くなっている）。皇帝ニコライ一世（一七九六―一八五五。ロシア皇帝）は自らが定めた血なまぐさい検閲に引っかからないようプーシキンを助けて、彼の詩を訂正させました。歴史はベリサリオ・ベタンクールにそこまで苛酷なことを求めませんでした。実を言うと彼は詩を愛する指導者ではなく、運命によって権力という苦行を課せられた詩人だからです。詩人としてすぐれた資質を備えた彼を待ち受けていた最初の落とし穴は、十二歳の時に在籍していたヤルマル神学校でした。rosa, rosae, rosarum（英語の rose にあたるラテン語の名詞 rosa の活用形）というラテン語の味気ない活用にうんざりしたベリサリオは、ケベード（フランシスコ・ゴメス・デ・一五八〇―一六四五。奇才ぶりをうたわれたスペインの詩人、小説家、政治家）を読む前から明らかにケベード的なインスピレーションを受け、ゴンサーレス（ホセ・アントニオ・一五八八―一六五四。スペインの博学な詩人のことか？）を知る前にすぐれた八音節の詩形を用いて最初の詩を書いています。

主よ、お願いがあります
永遠のお願いがあります
どうかくそったれの雷が
ラテン語の先生の頭上に落ちますように

最初に雷が落ちたのは彼自身の頭上で、直ちに放校処分になりました。そして、神は自身が何をしたのかよくご存じだったのです。もし放校処分になっていなければ、今頃この場で、われわれはコロンビア最初の教皇の七十歳のお祝いをしていたかもしれないのです。

当時の人たちがどれほど強く詩の影響を受けていたかは、今の若い人たちには想像もつかないでしょう。あの頃は、中等学校（日本の中学と高校に当たる）の首席と言わずに、文学の首席と言っていましたし、化学や三角法を学んだのに、与えられる称号は文学士でした。あらゆる地方から集まってくる原住民ともいうべきわれわれにとって、ボゴタは一国の首都でもなければ、政治の中枢でもありません。そこは詩人たちが暮らす氷雨に煙る都会でした。われわれは詩そのものを信じていただけでなく、――ルイス・カルドーサ・イ・アラゴンならきっと次のように言うでしょうが――詩は人間存在の唯一具体的な証明なのだ、と確信していました。コロンビアは詩のおかげで、約半世紀遅れで二十世紀に突入しました。それは狂熱的な情熱であり、勝手気ままに動きまわって、いたるところに出没する火の玉のような生き物で、絨毯の下にゴミを隠そうとしてほうきで持ち上げると、詩がそこにいて、隠すことができず、新聞を開くと、経済欄や裁判関係のページの中に身を潜めていました。カップの底に残ったコーヒーはわれわれの運命を予言しますが、そこにも詩がいました。エドゥアルド・カランサ（一九一三―八五。コロンビアの詩人、大学教授、ジャーナリスト）はスープの中に潜んでいるのを見つけて、《スープの湯気の中にいる家庭の天使を通して互いに見つめあう目》と書きました。ホルヘ・ローハス（一九一一―九五。コロンビアの作家、詩人）はみごとなグレゲリーア（スペインの奇才ラモン・ゴメス・デ・ラ・セルナ、一八八八―一九六三、の作り出した短詩形、あるいは警句風のスタイル）の遊び心に富んだ喜びの内に詩を見出しています。《人魚が両脚を開かないのは、鱗に覆われているからだ。》ダニエル・アランゴは完璧な十一音節の中に詩を見出し、百貨店のショーウィンドーに《存在の全的な実現《レアリサシオン・トタル・デ・ラ・エクシステンシア》》と大急ぎで書きつけました。ローマ人がこっそり詩を隠した公衆トイレの中にさえそれはありました。《たとえ神を畏れなくても、梅毒は恐れよ。》子供の頃、動物園へ行った時に感じたのと同じ畏敬の念を抱いて、夕方になるとわれわれは詩人が集まるカフェに出かけたものでした。レオン・グレイフレス師（レオン・デ・グレイフ、一八九五―一九七六、コロンビアの詩人のことか?）はチェスに負けても根に持たず、酒の入ったグラスを片時も離さず、自分の言葉を恐れることはないと教えました。ベリサリオ・ベタンクールが世間を知らないまま、アンティオキア県（コロンビア北部の県で、ヤルマル神学校はこの県内にある）の若者たちの狭い世界から冒険の旅に出ようと広い世界へと飛び出していった頃のボゴタはそのような町でした。当時の彼のいでたちは、コウモリを思わせる大きなつばのついたフェルト帽に、僧侶がまとうような外套を羽織っていて、並の若者とは違った風体をしていました。彼は町に着くと、まるで自宅にもどったように詩人たちの集まるカフェに腰を落ち着けました。

以後、歴史は彼に息つく間を与えなかったにちがいありません。共和国大統領の職に就いてからは、われわれもよく知っているように、多忙を極めるようになったのですが、それが詩に対する唯一不実な行動だったはずです。国土を荒廃させた地震、多数の人命を奪った火山の噴火、二度にわたる血なまぐさい戦争（これは何としても生き延びたいと願うがゆえに一世紀以上もの間殺し合いを続けている、プロメテウス（天界の火を盗んだために、ゼウスによって責苦を負わされたギリシア神話に登場する神。その火をもとに、人間は文明を発達させ、武器を造り戦争をするようになったと伝えられる）のような責苦に立ち向かわなければならなかったコロンビアという国の宿命です）、同時に襲ってきた三つの苦難に立ち向かわなければならなかったコロンビアの大統領は彼だけです。そうした苦難を乗り切ることができたのは、政治家としての胆力、それもゆるぎない胆力だけでなく、詩人として神がかり的な力を備えていたからだ、と私は思っています。

ベリサリオは自らが詩人であるために生まれてくる危険を回避するために、生きていく中で彩りも形状も異なるたくさんのブドウの葉をまとってきました。ですが、七十歳の誕生日を迎え、ある若い人たちの雑誌に裏切りに近いことをされ、ついに身にまとっていたものをかなぐり捨てて裸形の自分をさらけ出すことにしたのです。隠退生活の穏やかな日々の中で、彼は尊厳を失うことなく、見事な形でふたたび若さを取り戻しました。この友人たちの集まりが、詩の家で行われたのは正しい選択だったと思っています。とりわけ、かつてバラのざやめきに眠りを妨げられたホセ・アスンシオン（コロンビアを代表する詩人ホセ・アスンシオン・シルバ、一八六五―九六、のこと）がひそやかに歩いていた足音が今も聞こえるこの館で行われたのは意味のあることです。大統領になる前から誰よりもベリサリオを愛していた多くの友人たちがここでふたたび顔を合わせることができました。彼が大統領職にある時は、何度となく気の毒に思ったものですが、ようやくその職から解放されて、二度と戻ることはなくなり、稀有な楽園の中にいます。そんな彼をわれわれはかつてないほど愛しています。

＊祝賀会は、《ホセ・アスンシオン・シルバ詩の家》で行われた。二月四日生まれの、コロンビア元大統領の七十歳の誕生日を祝う会に招かれた人たちの中には、以下に挙げる人たちの名前が見える。ガブリエル・ガルシア＝マルケス、アルバロ・ムティス、アルフォンソ・ロペス・ミチェルセン（一九一三―二〇〇七。一九七四―七八のコロンビア大統領）、ヘルマン・アルシニエガス（一九〇〇―九九。コロンビアのエッセイスト、歴史家。以下すべてコロンビアの文学者）、ヘルマン・エスピノーサ（一九三八―二〇〇七。小説家、短編作家）、アベラルド・フォレーロ・ベナビーデス（一九一二―二〇〇三。

ベリサリオ・ベタンクール、七十歳の誕生日を記念して

歴史家、ジャーナリスト)、エルナンド・バレンシア・ゴエルケル(一九二八―二〇〇四。批評家、エッセイスト)、ラファエル・グティエーレス・ヒラルドット(一九二八―二〇〇五。哲学者、エッセイスト)、アントニオ・カバリェーロ(一九四五― 。ジャーナリスト、作家)、ダリーオ・ハラミーリョ・アグデロ(一九四七― 。詩人、作家)、それに《ホセ・アスンシオン・シルバ詩の家》の理事長マリーア・メルセーデス・カランサ(一九四五―二〇〇三。詩人、短編作家)。

わが友ムティス

――コロンビア、サンタフェ・デ・ボゴタ。一九九三年八月二十五日

以前、アルバロ・ムティスと私は、どんなことがあっても人前で相手のことを話さないという取り決めをしました。つまり、それは互いに褒め合うという天然痘《はやりやまい》に対するワクチンのようなものだったのです。ところが、今からちょうど十年前、それもこの場所で、彼はその社会衛生協定を踏みにじったのです。理由は何と、私がすすめた理髪店の主人が気にくわなかったという、それだけのことです。以来、後味はよくないかもしれないが、いつか復讐してやろうと機会をうかがってきました。そして、ついに今回願ってもない機会が訪れてきたのです。

アルバロの言葉によると、われわれは一九四九年に牧歌的なカルタヘーナでゴンサーロ・マリャリーノ（一九二〇―二〇一三。コロンビアの詩人、作家）に引き合わせてもらったとのことです。その時にはじめて出会ったと思い込んでいたのですが、今から三、四年前、彼がフェリックス・メンデルスゾーンについて何気なく口にした一言を耳にしたとたんに、突然啓示

のようにある記憶がよみがえってきました。大学時代、カフェで勉強するには五センターボ要りました。その持ち合わせのないわれわれは、いつもボゴタ国立図書館の人気のないオーディオ・ルームに神輿を据えていたのですが、突然その時代に引き戻されたのです。夕方になるとあまり人の来ないあの場所に、紋章に描かれているような鼻に、トルコ人のような眉毛、図体が馬鹿でかくて、バッファロー・ビルみたいな小さな靴を履いた常連がひとりいて、私はその男が大嫌いでした。午後の四時になると決まってやってきて、メンデルスゾーンのヴァイオリン・コンチェルトをかけるように言うのです。それから四十年経ったあの日の午後、メキシコにある彼の家で突然大音声が聞こえ、幼児神の足、針をラクダの眼に通す（新約聖書に「金持ちが幸福になるのは針の穴にラクダを通す以上に難しいこと」だと言われているが、それをもじった表現）ことさえできないほど私の手が震えているのに気がついたのです。《何てことだ――がっくり肩を落として私は言いました。――あの男は君だったんだな。》

その頃までさんざん一緒に音楽を聴いてきたこともあって、いまさら古い話を持ち出すわけにもいかず、結局昔年の恨みつらみを口にできなかったのが残念でなりませんでした。彼の幅広い教養の真ん中に底なしの空白部分がぽっかり口を開けていて、そのせいでわれわれは永遠に折り合うことができないのです。ボレロに対する彼の鈍感さがそれです。もっとも、そうしたことがあるにしてもわれわれが今もごく親しい友人であることはまちがいありません。

数え切れないほどさまざまな、一風変わった仕事に就いてきたせいで、アルバロは何度も危険な目に遭っています。国営ラジオ放送局のアナウンサーをしていた十八歳の時には、ある番組の中でほかの番組の紹介を即興で行っていたのを聞いた嫉妬深い旦那が何を勘違いしたのか、このアナウンサーは自分の妻に秘密のメッセージを送っていると思い込み、街角で拳銃を持って待ち受けていました。この大統領宮殿で厳粛な儀式を行っている最中に、リェラス一族の大物二人の名前を取り違えて混同してしまったこともあります。その後、広報宣伝部で専門的な仕事をするようになりました。その時に慈善事業の一環として映写会を行うことになり、善良な上流階級のご婦人方の前で孤児を取り上げたドキュメンタリー映画を上映するつもりが、『オレンジの樹の栽培』という一見罪のないタイトルがつけられた、尼僧と兵士が登場するポルノ・コメディを上映してしまったのです。ある航空会社の広報部長を務めたこともあります。その会社は最後に残った飛行機が墜落したために倒産したのですが、アルバロは真っ先に遺体の身元を特定し、新聞社よりも先に犠牲者の親族に死亡を知らせました。何も知らない親族の人たちは、いい知らせが届いたのだろうと思ってドアを開けたのですが、写真に写っている遺体の顔を見たとたんに雷に打たれたようにバッタリ倒れたそうです。

もっと愉快な話もあります。バランキーリャのあるホテルから、世界一金持ちの男のこの上もなく美しい遺体を運び出す仕事をした時のことです。街角の葬儀屋で大急ぎで買い込んだ棺に遺体を安置し、棺をまっすぐに立てて業務用エレベーターで運びだそうとしました。その時、中に何が入っているんだとホテルの従業員に尋ねられた彼は、「司教猊下だ」と答えたとのことです。メキシコのあるレストランで大声でしゃべっていると、隣のテーブルにいた男が彼をウォルター・ウィンチェル（一八九七―一九七二。米国の人気テレビ・ドラマ『アンタッチャブル』のナレーター）だと勘違いして飛びかかってきそうになったこともあります。実を言うと、アルバロはあのテレビ・ドラマのウィンチェルの吹き替えをしていたのです。彼は二十五年間、ケースに入ったラテンアメリカ向けの映画のフィルムを販売していました。その間に地球を十七周したのですが、彼の生き方は今も変わっていません。

私は前々から、小学校の先生のようにやさしくて包容力のある彼をとても高く買っていました。ただ、ビリヤード好きという悪癖があるためにせっかくの天職につくことができませんでした。私の知るかぎり作家仲間、とりわけ若い作家に対して面倒見がいいという点では彼の右に出る者はいません。両親の考えに背いてもいいから詩を書くようにとそそのかし、怪しげな本で心を惑わせ、美しい言葉を並べて催眠術にかけ、生きている間に詩人になれるかもしれないなどと幻想を抱かせて広い世界へ送り出しているのです。

あまり立派とも言えないそうした美徳の恩恵に一番あずかってきたのが私です。以前にも話したように、『ペドロ・パラモ』（メキシコの作家フアン・ルルフォの書いた小説で、現代ラテンアメリカ文学の傑作に数えられている）を私のところに最初にもってきてくれたのが彼だったのです。その時に、《ほら、これだ。しっかり勉強しろよ》と言いました。あの時彼は、そこからどのような結果が生じてくるか想像もしていなかったのです。ファン・ルルフォを読んだおかげで、私はそれまでとは違った書き方を身につけました。さらに、どんな物語を書いているのか知られたくなかったので、別の物語を用意しておくことにしました。『百年の孤独』を書いている時、自分が身動きの取れない状況に追い込まれないようにと考え出したそのやり方の犠牲者こそ、ほかでもないアルバロ・ムティスだったのです。あの小説を書いている十八か月間、彼は毎晩のように私の家に押しかけてきて、書き終えた章の話を聞き出しました。私は用意しておいた別の話を聞かせたのですが、一方でどういう反応を示すか観察していました。彼は私の話に熱心に耳を傾け、それに手を加え、尾ひれを付けた上で相手かまわず話してまわっていると知って、友人たちにアルバロがどんな話をしたのか教えてもらいました。むろん、彼が作り変えたところはちゃんと使わせてもらいました。最初の草稿ができあがったところで彼の家に送ったのですが、翌日怒り狂って電話をかけてきました。

《送ってくれた原稿は、聞いていた話と全然ちがうじゃないか》と彼は大声でわめきました。《おかげで友人たちの前で大恥をかくところだったぞ。》

以来、彼は私のオリジナル原稿の最初の読者になったのです。彼から手厳しいけれども的を射た批判をもらって、書いた短編のうち少なくとも三本は納得した上でゴミ箱送りにしました。私の本に彼がどのような影響を与えているかについては申し上げるわけにいきませんが、かなり影響を受けていることはたしかです。

現代のように人心が荒んでいる時代にあって、どうすればあなた方のようにすばらしい友情をはぐくむことができるのですかとよく質問されます。答えは単純です。アルバロと私はほとんど顔を合わせることがなく、それが友達であり続けるための秘訣なのです。私たちは三十年以上前からメキシコに住んでいますし、家も近くです。それなのにめったに会うことはありません。彼なり私が会いたいと思った時は、まず電話をかけてお互いの意思を確かめます。ただ、友人として守るべき基本的なルールを一度だけ破ったことがあります。その時のアルバロは、これ以上はないほどの友情の証しを見せてくれました。

経緯はこうです。ごく親しい友人とテキーラを浴びるほど飲み、明け方の四時にアルバロのアパートのドアをノックしました。彼はその頃おとなしくもわびしい独身生活を送っていたのです。寝ぼけ眼で突っ立っている彼の目の前で、私たちは何も言わず、縦一メートル、横一メートル二十センチあるボテロ（一九三二―　。コロンビアの代表的な画家、彫刻家）の高価な絵を彼の部屋の壁からはずし、勝手に処分してしまったのです。アルバロは私たちのあの襲撃事件について愚痴ひとつこぼしませんでしたし、あの絵がどうなったのかを詮索しようともしませんでした。今夜彼ははじめて七十歳の誕生日を迎えることになったのですが、私は今この場でいまだに心の傷になっているあの事件のことをお詫びしたいと思います。

旅行はたいてい両夫婦で一緒にするのですが、それも友情をつなぎとめる要因になっていると思います。旅行中はずっとほかの人のことや自分たちとかかわりのない話をし、必要な時だけお互いの話をするようにしています。ヨーロッパのハイウェイを何時間も走っている間に、芸術と文学についていろいろ学んだのですが、その時間が私にとっては結局通うことのなかった大学（在学中にボゴタ暴動があり、大学が閉鎖されたためにカリブ海岸にあるカルタヘーナ大学に転学するが、大学にはほとんど通わず、新聞社で仕事をしていた）になったのです。バルセローナからエクス・アン・プロヴァンス（学術と芸術で知られる南仏の町）まで三百キロ以上あるハイウェイで私はカタリ派（中世に南仏と北イタリアに現れたキリスト教の異端派）とアヴィニョンの教皇たち（一三〇九年から七七年まで、枢機卿団が分裂したために南仏のアヴィニョンの町に教皇宮殿が設けられ、そこで七代にわたって教皇が暮らした）について学びました。アレクサンドリア、フィレンツェ、ナポリ、ベイルート、エジプト、パリを旅行した時も同じようなことがありました。

ですが、あの狂熱的な旅行で耳にしたもっとも不可解な教えは、十月のもやと打ち捨てられた休耕地の人糞のにおいに包まれたベルギーの野原でのものでした。信じてもらえないでしょうが、アルバロは三時間以上ひとことも口をきかずに車を運転していました。その彼が突然、《偉大な自転車競技者と狩人の国だ》と言ったのです。どういう意味なのか一切説明してくれなかったのですが、あとで訊くと、毛むくじゃらで涎繰《よだれく》りの、図体の大きいウドの大木が自分の中に棲みついていて、ふっと気を緩めると、気の張る場所だろうが、大統領宮殿だろうがお構いなく先のように言葉を漏らすのだとわれわれに打ち明けました。ものを書いている時も要注意で、突然今まで書いた本をすべて書き直すんだと言って狂ったように暴れ、足で床を踏み鳴らすそうです。

それはともかく、あの放浪する学校でのいちばんの思い出は授業ではなくて、リクリエーションでした。パリで奥さん方が買い物をしているのを待っている間、アルバロは有名なカフェの段差のところに腰を下ろし、空を見上げるように上を向き、白目を剝き、物乞いをするように片方の手を震わせながら差し出したのです。紳士然とした人物が、いかにもフランス人らしく顔をしかめ、吐き捨てるように《そのようなカシミアのセーターを着た人が物乞いをするというのは恥ですぞ》と言ったのですが、それでも一フラン恵んでくれて、十五分もしないうちに四十フラン稼ぎました。

ローマ滞在中には、フランチェスコ・ロージ（一九二二―　。イタリアの映画監督）の家に招待され、フェリーニ（フェデリーコ・　一九二〇―九三。世界的に知られるイタリアの映画監督）、モニカ・ヴィッティ（一九三一―　。イタリアの映画女優）、アリダ・ヴァリ（一九二一―二〇〇六。イタリアの映画女優）、アルベルト・モラヴィア（一九〇七―九〇。イタリアの作家）などイタリアの映画と文学を代表する錚々たる人たちを前にして、実際にはイタリア語が一語も含まれていない、自分が勝手に考え出したイタリア語らしきもので、キンディーオ（コロンビアの首都ボゴタの西にあるアンデス山脈に囲まれた地方で、コーヒーの産地として知られる）のぞっとするほど怖い話を語って聞かせ、彼らを数時間にわたってハラハラさせたのです。バルセローナのあるバルでは、意気消沈したパブロ・ネルーダの声をまねて詩を朗読したことがあります。実際にネルーダの朗読を聞いたことのある人がてっきり本人が朗読しているのだと思い込んで、彼にサインを求めてきました。

読んだ時からひどく心が騒いだ彼の詩があります。《イスタンブールを訪れることは決してないだろうということが、自分にはわかっている》というもので、救いがたい君主制擁護主義者の奇妙な詩なのですが、歴史によって正当化されるはるか前はレニングラード（ロシア革命後の一九二四年にレーニンにちなんでこの名がつけられた）ではなくサンクトペテルブルグと呼ばれていたように、そこも昔はイスタンブールではなくビュザンティオンと呼ばれていました。私は、自分でも理由はわからないのですが、イスタンブールを訪れることで悪魔祓いをしなければならないという予感のようなものを感じました。そこで、人が運命に挑む時にしなければならないことのように、二人でゆっくり船旅をしながらあの町へ行こうと彼を説得したのです。ですが、あの詩に備わっている予知の力はすさまじく、向こうにいる三日間は心の休まる間がありませんでした。そのアルバロも今では七十歳になり、私の方は六十六歳の小僧っこですが、正直に打ち明けますと、私があの旅をしたのは詩の持つ予知の力に打ち勝つためではなく、自分の死に抵抗するためだったのです（ケルト人の血を引く彼の祖母は魔術的な考えを抱いていた。その祖母に育てられたガルシア＝マルケスも予感を信じ、縁起を担ぐところがあるので、このような旅行を試みた）。

死ぬのではないかと思ったことが一度だけあります。その時もアルバロが一緒でした。明るい陽射しの降り注ぐプロヴァンス地方を私の運転で走っていると、頭のおかしいドライバーが対向車線からこちらに向かって突っ込んできたのです。後先のことを考えずに私は反射的にハンドルを右に切りました。一瞬車が宙に浮かんで、予測もしなかったことですが、ハンドルが空転している感触がありました。カルメンとメルセーデス（二人はアルバロとガルシア＝マルケスの妻）は後部座席で息を止めて成り行きを見守っていたのですが、車の方は春のブドウ畑の側溝に落ちた子供のように横倒しになりました。あの瞬間で唯一記憶に残っているのは、横に座っていたアルバロの顔です。死を目前にした彼は、憐れむように私の方を見て、《何をしているんだ、このバカ》と言わんばかりの表情を浮かべていました。

彼の母親はカロリーナ・ハラミーリョといい、美人で一風変わった人です。彼女と面識があり、困った状況に追い込まれたことのある人なら、アルバロがあんなふうに突然ぶち切れてもそれほど驚いたりしないでしょう。何しろ、彼の母親は二十歳の時に鏡に映る自分がそれまでと違うと感じて、以来二度と鏡を見なくなったという逸話の持ち主なのです。いい年のおばあさんだというのに、今でもブルゾン姿で自転車に乗って走り回り、草原にある農場で無料注射を打っているそうです。ニューヨークに滞在していた頃の話ですが、ある夜、映画を見に行きたいと思って一歳二か月の息子を預かってもらえないかと頼んだことがありました。すると、彼女はひどく真剣な顔をして、以前マニサーレス（コロンビア中部の大きな町）で同じように子供さんを預かったんだけれど、どうしても泣き止まなかったので、毒入りキイチゴのお菓子を食べさせて、おとなしくさせたことがあるのよ、それでもいいのと尋ねてくるのでした。別の日に、まあ大丈夫だろうと思ってメーシーズ（米国の大きな百貨店）で息子を預け用事を済ませて戻ってみると、彼女がひとりぽつんと座っていました。警備員が息子を探している間、彼女は息子のアルバロと同じように暗く沈んだ顔で《心配しなくても大丈夫よ。うちのアルバロも七歳の時にブリュッセルで迷子になったけれど、今ではあんなに元気にやっているでしょう》と慰めてくれました。いくぶん見栄を張った強気の発言ですが、たしかに彼女の言う通りアルバロはしたたかに生きていましたし、地球上の半分ばかりの人に、詩人としてではなく、この世でもっとも気の置けない人間として知られるようになっていました。彼は行く先々でタガが外れたような誇張表現や自殺行為としか思えない大食漢ぶり、機知のひらめきが感じ取れる感情の激発によって人々に忘れがたい印象を刻みつけてきました。親しく付き合い、ほかの誰よりも彼を愛しているわれわれは、過激な言動に走るのは、自分につきまとって離れない悪霊を祓いのけるためだということを知っています。

不幸なことにアルバロ・ムティスは誰からも好かれていますが、そのために想像もつかないほど高い代償を払っています。前日の夜に彼の話を聞いて幸せな気分に浸った人たちを羨むこともなく、まるでグラスを手にしているような感じで薄暗い書斎のソファに横になっているところを見かけたことがあります。幸いなことに、癒しがたい孤独は言ってみれば第二の母であり、その母のおかげで博大な知識を手に入れ、とほうもないほど本を読み、とどまることを知らない好奇心を抱き、怪物じみた美しさと無限の悲しみをたたえた詩を書くことができたのです。

世間から逃れて、ブルックナー（一八二四―九六。オーストリアの作曲家）の厚皮動物を思わせるシンフォニーをスカルラッティ（ドメニコ・一六八五―一七五七。イタリア生まれの作曲家。マドリッドで没す）のディヴェルティメントででもあるかのように聞いているのを見かけたこともあります。また、長い休暇の間、現実から逃れてクエルナバカ（メキシコ中央部のモレロス州の州都）の庭園の、人気のない片隅に身を潜め、バルザック全集の魔法の森に潜り込んでいたこともあります。一定の期間をおいて、彼は西部劇でも見るように、『失われた時を求めて』（マルセル・プルーストの書いた大河小説）を一気に読み上げています。千二百ページ以上ある小説を読めるという条件が与えられること、それが彼にとって一番喜ばしいのです。われわれ作家や芸術家はよくバカをやらかして、罪に問われることがあります。そういう場合、彼はひとりで罪をかぶります。メキシコでは刑務所で服役したことがあるのですが、その時の十六か月間が人生でもっとも幸せだったと言っています。

彼が本を書くのにあれほど時間がかかるのは、超人的な仕事をこなしているからだ、とつねづね思っていました。それに、ものを書く時は鵞ペンを使うのですが、鵞鳥がペンを持ってもう少しうまく書けるのではないかと思えるほど字が下手だということも関係しているかもしれません。吸血鬼がなぐり書きしたようなその字を見たら、トランシルヴァニアの霧の中にいるマスティフ犬でさえ恐怖のあまり吠え立てることでしょう。何年も前の話ですが、時間がかかりすぎることを彼に言ったところ、苦役のようなつらい仕事から身を引いたら、すぐに本の執筆に取り掛かると答えました。そして、実際その通りになりました。彼は永遠に飛び続ける飛行機から落下傘もつけずに飛び降り、当然受けてしかるべき華やかな栄光の待つ地上へ降り立ったのです。そのことはわれわれの現代文学の偉大な奇跡のひとつです。なんと彼は六年間で八冊もの本を書いたのですから。

彼の作品をどれでもいいですから一冊選び出して、その中のたった一ページを読むだけで、すべてを理解することができます。アルバロ・ムティスの全集、彼の人生そのものは、われわれは失われた楽園をふたたび見つけ出すことができないとはっきり認識している予見者のそれなのです。つまり、マクロール（ムティスの多くの作品に登場する、未知のものの探求に情熱を傾けている中心人物）は、安直に言われているように彼自身ではなく、われわれ全員のことなのです。

今夜、アルバロとともにこうしてみんなが七十歳の誕生日を迎えました。われわれは、今お話ししたように先の見えない人生を生きているのだということを心にとどめておかなければなりません。妙に照れたり、涙をこぼさないようにするために彼の母親の悪口を言ったりせずに、われわれ全員が心から彼に敬服し、深く愛しているのだと言葉に出して言うのは、今回がはじめてのことです。

＊ボゴタの、コロンビア大統領府本部が置かれているナリーニョ邸で、七十歳の誕生日を祝って催された晩餐会の席で、ガブリエル・ガルシア＝マルケスが友人アルバロ・ムティスの前で読み上げた原稿である。そこでセサル・ガビリア大統領政府がボヤカ十字勲章（コロンビアの重要な勲章）をムティスに授与した。二〇〇七年十一月二十六日、グアダラハーラ（メキシコ市の西北にあるメキシコ第二の都市）で開催された第二十一回ブック・フェアはコロンビアの作家アルバロ・ムティスをたたえるためのものだったが、そこで元大統領ベリサリオ・ベタンクールが彼の横に座り、これと同じ原稿を《ガルシア＝マルケスの許可を得て》読み上げた。

誰からも愛されるようになったアルゼンチン人
――メキシコ市。一九九四年二月十二日

一九六八年という歴史的な年（チェコスロヴァキアで変革運動が起こり、《プラハの春》と呼ばれた年）に、カルロス・フエンテス（一九二八―二〇一二。メキシコを代表する現代作家で、『テラ・ノストラ』をはじめ数々の小説で、歴史とフィクションを結び合わせた問題作を書いて注目を集めた）とフリオ・コルタサル（一九一四―八四。完成度の高い幻想的短編集や実験小説『石蹴り遊び』などで、現代ラテンアメリカ文学で指導的な役割を果たした）、それに私の三人でプラハを訪れたのですが、それが最後の訪問になりました。飛行機嫌いだったわれわれはパリから列車に乗って、大洋のようにどこまでも広がるビート畑やさまざまな工場群、残酷な戦争と並外れた愛が残した痕跡のうかがえる、東西に分断されたドイツの夜を走り抜ける間にいろいろな話をしました。

そろそろ寝ようかと思った時に、カルロス・フエンテスがふと思いついたように、どういう経緯で、いつ、誰の発案でジャズの楽団でピアノが用いられるようになったのかコルタサルに尋ねました。年代と人の名前くらいわかればいいと何気なく尋ねただけなのですが、返

ってきたのは呆然とするしかないような博大な知識に裏付けられた講義で、それが明け方まで延々と続きました。その間に三人で大きなグラスに入ったビールを何杯も飲み、パパ・エラーダ（いったん凍らせたジャガイモ）を添えたソーセージを食べ続けました。言葉の重みを知り尽くしているコルタサルは、該博な知識をもとに信じがたいほど簡潔に当時の歴史と芸術について説明してくれました。夜明けの光がのぞく頃に、まるでホメロスのようにセロニアス・モンクを褒め称えたところで講義は終わりました。深みのあるオルガンを思わせるスペイン語のダブル・アールの音を引き延ばし、大きな骨ばった手を動かして話したのですが、あれほど表現力豊かな手を見た記憶がありません。カルロス・フエンテスと私は、二度と繰り返されることのないあの夜の驚きを決して忘れないでしょう。

それから十二年後、マナグア（ニカラグアの首都）の公園で群衆と向き合っているフリオ・コルタサルを見かけました。彼の武器といえば、その美しい声と難解きわまりない短編だけでした。その短編は、ブエノスアイレスのスラム街で用いられている隠語を使って語られる、落ち目になったボクサーの物語でした。ならず者が使う言葉は多少理解できるものの、われわれにとってはほとんど理解不可能でした。照明の明るい庭園に集まった群衆を前に、壇上に登ったコルタサルが自ら選んで読み上げたのがその短編だったのです。そこには著名な詩人をはじめ、失業中の石工、革命軍の司令官やその敵対者たちといったようにあらゆる人たちが集まっていました。私にとって、それは目くるめくような新しい体験でした。厳密に言えば、ブエノスアイレスの隠語に詳しい人でも物語のプロットを追うことはむずかしかったのですが、孤独なリングで戦うあわれなボクサーの存在を肌で感じ取り、受けたパンチの痛みを共有し、ボクサーの夢と現実のみじめさに涙をこぼしそうになっていました。コルタサルの語る言葉が人々の心に深く浸透したので、一つひとつの言葉が何を意味するかを気に留める人はひとりもいませんでした。草の上に腰を下ろした群衆はあの時、この世のものとは思えない彼の声に魅了され、神の恩寵を受けたように宙に浮かんでいたのです。

私の心に刻みつけられているコルタサルにまつわる以上の二つの思い出はまた、彼の人となりを実によく表しているように思えます。彼の性格の二つの面がよく出ているのです。私的なレベルだと、プラハまで列車で旅行した時のように、説得力のある語り口、生き生きとした博識、細部まで正確に覚えている記憶力、危険な香りのするユーモアといったもので人を魅了し、いい意味で昔の偉大な知識人を思わせました。公的な場に出ると、なるべく目立たないよういつも一歩後ろに下がっているのですが、優しそうでいてどこか場違いな雰囲気をたたえ、現実世界から遊離したようなところのある彼がその場に居合わせるだけで、聴衆は魅了されました。この二つの例を見てもわかるように、彼は幸運にも知り合うことのできた、もっとも印象的な人物でした。

さらに何年か経って彼と親しく付き合うようになった頃に、あの日マナグアで見かけた彼と再会したような気持ちになりました。というのも、彼のもっともよくできた短編「もう一つの空」（コルタサルの短編集『すべての火は火』、水声社刊、に収められている）の中で自分自身を再現しているように思えてならなかったからです。その人物はパリで暮らすラテンアメリカ人で、単純な好奇心に駆られてギロチンによる処刑の場に立ち会います。コルタサルはまるで鏡と向き合っているかのように、次のように書いています。《彼はどこか遠くを見ているような、それでいて妙に思いつめたような表情を浮かべてこちらを見た……。あの顔は夢の中にとどまっていたい、目覚めに向かって一歩踏み出すのはいやだと考えている人間の見せる表情だった。》コルタサルにはじめて会った時、袖口が広く開いた黒のロングコートを着ていたのですが、その人物も同じようなコートを身につけていました。短編の語り手は、ご出身地はどこですかと尋ねたりしたら、冷ややかな怒りを込めた眼で睨みつけられるだろうと不安になって、そばに行って尋ねることができませんでした。オールド・ネーヴィ（パリにある有名なカフェ）でコルタサルを見かけた時、おかしな話ですが、私も「もう一つの空」の語り手と同じ不安に襲われてそばに近づくことができませんでした。筆を止めて考え込むことなく一時間以上も何か書き続けている彼をただ見つめていました。その間にミネラル・ウォーターをグラスに半分ほど飲んだだけでした。そのうち通りが暗くなりはじめたので、彼はペンをポケットにしまい、世界で一番背が高くて痩せた小学生のようにノートを脇にはさんで店を出ていきました。以後、何度も顔を合わせましたが、変わったのは黒くて濃いあごひげを生やしたことくらいで、あとは以前とまったく変わりありませんでした。現在の年齢でこの世に生まれ、しかも日々成長を続けている。その意味では、彼こそまさに不死の人だという伝説が噂になって広まっていました。私は、彼が亡くなる二週間前までその伝説が本当だと思っていました。その真偽を本人に確かめる勇気はありませんでしたし、一九五七年の物悲しい秋にオールド・ネーヴィのいつもの片隅にいる彼を見かけた時に、声をかけることができなかった話もしませんでした。そう話せば、今彼がどこにいようとも、何をバカなことを、どうして声をかけてくれなかったんだと言うにちがいありません。偶像化された人というのは、敬意や称賛の念、愛情を抱かせると同時に、人をひどく妬ましい気持ちにさせます。コルタサルは作家としては珍しくも、そうした感情をすべて抱かせ、さらに稀有なことに崇拝の念まで抱かせました。おそらく意図していたわけではないのでしょうが、彼は誰からも愛されるようになりました。ですが、あえてひとこと言わせていただきます。これは仮定の話ですが、死者が別の世界で生きていると仮定して、死者たちの住む世界にいるコルタサルが自分の死を世界中の人たちが悲しんでいると知ったら、きっと恥ずかしさのあまり向こうの世界でもう一度死にそうになるでしょう。実人生であれ、本の中の世界であれ、彼ほど死後の名誉やきらびやかな葬儀を嫌がっていた人はほかにいません。それだけではありません。死そのものが恥ずべきものに思えていたにちがいない、と私はずっと考えてきました。『八十世界一日一周』に、仲間の一人がばかばかしいことで死んでしまったとわかって、友人たちが笑いをこらえきれなかったという話が出てきます。彼と親しく付き合い、深く愛していた私としては、ほかの方々と同じようにフリオ・コルタサルの死を悼み、嘆き悲しむことができませんでした。

　コルタサルという人がこの世界に生きていたことを何よりもうれしく思い、彼と知り合えたことに深い感動を覚え、世界中の人に彼の思い出と同じように、未完ではあるけれども、この上もなく美しく、永遠に残る作品をわれわれに残してくれたことに感謝しながら、彼のことを考え続けていこうと思いました。きっと彼も、そう望んでいたにちがいありません。

＊メキシコ市のベーリャス・アルテス宮殿（有名なオペラハウス）において。最初、フリオ・コルタサルが亡くなった数日後の一九八四年二月二十二日に記事の形で発表されたこの講演は、その十年後にコルタサルへのオマージュとして発表された。ついで、二〇〇四年二月十四日、ハリスコ州グアダラハーラにあるグアダラハーラ大学で、あのアルゼンチン出身の作家の死後二十年を機に、ガブリエル・ガルシア＝マルケスとカルロス・フエンテスが主宰して《フリオ・コルタサル講座》が開かれ、その開会記念討論会の《フリオ・コルタサル回顧》において読み上げられたものである。

ラテンアメリカは存在する
――パナマ、コンタドーラ島。一九九五年三月二十八日

昨日の朝食時までまったく知らなかったことをそのあとで知ることができたものですから、いろいろ学ばせていただくところがあるだろうと思い、順番を最後に回してもらいました。私は何よりも会話のやり取りが好きなのですが、こういうトーナメントのような形式だとどうしても一方通行のモノローグになってしまって、質疑応答の楽しみが奪われてしまいます。メモを取り、発言の許可を求め、順番が来るのを待ち、いざ自分の番が回って来ると、言おうとしたことはほかの人に言われてしまっています。同国人のアウグスト・ラミーレス（一九三四―二〇一一。コロンビアの経済学者、政治家、外交官）が飛行機の中で、人が年を取ったかどうかはすぐにわかりますよ、何ごとによらず逸話で説明しようとするようになったら、年老いた証拠ですと言ったのです。それを聞いて、もしそうなら、私は生まれた時から年老いていましたし、私の書いた本もすべて老人のそれですと言いました。これから読み上げるメモもすべてそのことを証明しています。

ラカーリェ前大統領（ルイス・アルベルト・　一九四一―　。ウルグアイの政治家）がラテンアメリカという名称はフランス語ではないと言われたのには、思いもかけないことだったのでびっくりしました。私はずっとフランス語だと信じていました。ただ、いくら考えても、どこでそう信じ込んだのか思い出せないのです。いずれにしても、フランス語だという証拠を見つけることはできないでしょう。ボリーバル（一七八三―一八三〇。《解放者》の名で知られるラテンアメリカ独立運動の指導者）はその言葉を使いませんでした。彼は形容詞をつけずに、アメリカと言っていました。北米の人間が自分たちのためだけにその名称を用いるようになる以前のことです。ボリーバルは『ジャマイカからの手紙』（ボリーバルが一八一五年に書いた長文の有名な手紙で、この中で彼は独立の大義を訴えている）の中で、われわれの混沌としたアイデンティティを《われわれは人間という小さな種である《ソモス・ウン・ペケーニョ・ヘネロ・ウマーノ》》というたった五つの単語で定義しています。ほかの定義からこぼれ落ちるすべてのもの――多様な血統、われわれの土着の言語、それにスペイン語、ポルトガル語、英語、フランス語、オランダ語といったヨーロッパの土着の言語を一切合財その中に含めたのです。

　四〇年代、アムステルダムの市民が目をさますと、真っ先に――野球とはおよそ縁のない国――オランダが野球の世界トーナメントに参加し、キュラソーがカリブ海と中央アメリカの世界選手権試合で優勝まであと一歩のところまで来ているというニュースが飛び込んできました。カリブ海について一言付け加えておきますと、私はこの地域の名称はおかしいと考えています。本来この名称は地理学的なものではなく、文化的なものであるべきだからです。アメリカ合衆国南部からブラジルの北部までを含む地域を包摂すべきなのです。太平洋から見た中央アメリカはカリブ海とあまり関係はないのですが、文化的にはカリブ海に属しています。こんな風に名称に異議を唱えることで、少なくともあるメリットが出てきます。そう考えれば、フォークナーをはじめアメリカ合衆国南部の偉大な作家たち全員が《魔術的リアリズム》の中に含まれることになります。四〇年代にはまた、ジョヴァンニ・パピーニ（一八八一—一九五六。イタリアの作家）がまるでとるに足らないことだとでも言うように、ラテンアメリカは人類に何ももたらさず、聖人ひとり生み出さなかったと断言していますが、これはまちがいです。われわれにはリマの聖女ロサ（一五八六—一六一七。ペルー生まれの、新大陸最初の聖女）がいますが、パピーニはおそらく女性だったので数に入れなかったのでしょう。彼の断定的な言葉はわれわれに対するヨーロッパ人の考え方を端的に語っています。自分たちに似ていないものはすべて誤りであり、アメリカ合衆国と同じように自分たちの流儀で全力を挙げてそれを矯正しようとするのです。シモン・ボリーバルは数々の忠告、無理強いにうんざりしてこう言いました。《われわれは自分たちの中世を創り出すので、そっとしておいてもらいたい。》

政治体制として君主制か共和制のどちらかを選び取らなければならなかったヨーロッパはすでに年老いていたのですが、そうしたヨーロッパの重圧にもっとも苦しめられたのはボリーバルでした。彼が王冠を頭にいただきたいと望んだことに関して、これまで多くのことが書かれてきました。実を言うと、北米とフランスで二つの革命（十八世紀の米国の独立革命とフランス革命）があった後であっても、共和制下に生きているわれわれが思うほど君主制は時代錯誤のものではありませんでした。ボリーバルもそんな風に考えて、宗主国から独立し、自分の夢見ている統一されたアメリカが生まれてくるのであれば、体制などどうでもいいと考えていたのです。つまり、彼の言葉を借りれば、世界でもっとも豊かで強力、強大な国家を思い描いていたのです。われわれは数々のドグマ間の争いの犠牲になってきました。昨日、セルヒオ・ラミーレス（一九四二―　。ニカラグアの作家、ジャーナリスト、政治家）が思い出させてくれたように、今なおそうしたドグマ間の争いに苦しめられています。いくつかのドグマが崩れると、民主主義体制下における選挙のように、単なる言い逃れでしかないものが新たに現れてくるのです。

コロンビアがその典型です。民主主義を正当化するために選挙だけはきちんと行われていますが、しょせん儀礼的なものでしかなく、派閥主義や腐敗、不正行為、票の売買といった悪習は一向に改まりません。M－19の司令官ハイメ・バテマン（一九四〇―八三。コロンビアのゲリラ組織M－19のリーダー。飛行機事故で死亡）はこう言いました。《上院議員は六万票の票数で選ばれるのではなく、六万ペソの金で選ばれるのだ。少し前のことだが、カルタヘーナの通りを歩いていると、果物売りの女が私に向かって「あんたには六千ペソの貸しがあるんだよ！」とわめいた。要するに、彼女は私の名前を候補者の誰かと間違えて投票してしまったのだ。私としては仕方がないので、彼女に六千ペソ払った。》

ボリーバルが抱いた国家統合の理念の先行きは徐々に疑わしいものになりつつあるようです。ただ、芸術と文学は自らの責任において危険を承知の上で文化的統合に向かって前進しているように思えます。われわれの愛するフェデリーコ・マヨール（一九三四―　。スペインの生化学者、国連の教育機関の要職についていた）が知識人の沈黙を懸念しながらも、芸術家のそれを気にかけておられないのは正解だと思います。芸術家というのは知識人ではなく、感情的な人間だからです。彼らは、リオ・ブラボ（米国とメキシコの国境を流れ、メキシコ湾にそそぐ川）からパタゴニアまで、われわれの音楽をはじめ、絵画、演劇、舞踊、小説、テレビの通俗的な連続ドラマの中で自分の感情を大声で吐露しています。ラジオ小説の父フェリクス・カグネットは《人々は泣きたがっているという前提がまずあり、私は泣くための口実を与えているにすぎない》と言いました。民衆的な表現形式として、ラジオドラマは多言語社会であるこの大陸ではもっとも単純で豊かな形式です。いずれは政治的、経済的統合が実現するでしょう。いつかそうなるでしょうが、文化的統合の方は以前からもう後戻りできないところまで来ています。アメリカ合衆国は文化を浸透させるために巨額の資金を投入していますが、われわれはお金をまったく出していません。にもかかわらず、われわれは彼らの言語、食べ物、教育、生活様式、愛まで変えつつあります。結局、生活でもっとも重要なのは文化だということなのです。

二日間息抜きもせずに会議を行ったおかげで、私は大きな喜びを得ました。そのひとつがまず最初に完璧なスペイン語をしゃべってわれわれを驚かせた良き隣人であるフランシスコ・ヴェフォルト大臣（一九三七―　。ブラジルの政治家）にはじめてお会いできたことです。その一方で、このテーブルの周りにポルトガル語を話せる人は二人しかいないのではないだろうかとも考えました。デ・ラ・マドリッド大統領が言われたように、われわれのスペイン語は気軽にマト・グロッソ州を越えていきますが、ブラジルの人たちはわれわれと意思疎通をしようと国民的な努力をしてアメリカが統合された時には共有語になるだろうポルトニョール語（スペイン語とポルトガル語が入り混じった言葉）を作り出しています。コロンビアだと、パチョ・ヴェフォルト、メキシコだとパンチョ、スペインのバルならどこでもパコと呼ばれるはずの大臣は、至極もっともな理由付けをして、文化省を擁護しておられます。私はコロンビアにそうした省を創設するのに反対しています。幸いなことに私の意見は受け入れられないでしょう。私が反対する主な理由は、それによって文化が形式主義的で官僚的なものになるのではないかと懸念しているからです。

何も単純化する必要はないのです。行政的な組織になると、やすやすと派閥主義と政治的詐術の餌食になる危険があります。私はその代わりに国民文化審議会の創設を提案したいと思っています。それは行政的なものでなく、国家に属する組織で、議会ではなく、共和国大統領に対して責任を負います。したがってしばしば起こる内閣の危機や、政府内の策謀、予算の黒魔術とはかかわりのない組織です。恥ずかしいほど下手な私のポルトニョールにもかかわらず、パチョの素晴らしいスペイン語のおかげで、形式にこだわることなく国家がつねに文化の分野を保持し、拡大すべき重い責務を負うという点で意見の一致を見ています。

デ・ラ・マドリッド大統領は麻薬取引に関するドラマティックな話をしてくださいました。大統領によると、アメリカ合衆国は牛乳あるいは新聞やパンを毎日宅配するのと同じように、二千万から三千万人の麻薬中毒者に麻薬を配達しています。そういうことができるのは、コロンビア・マフィアよりも力のあるマフィアが存在し、警察がコロンビアよりも腐敗しているからにほかなりません。むろん、麻薬取引の問題にはわれわれコロンビア人も大変心を痛めています。麻薬取引に関して責めを負うべきなのはコロンビア人だけだと言ってもいいでしょうし、アメリカ合衆国があれほどまで巨大な消費市場を持つようになったことに関しても、責任はコロンビア人だけにあると言ってもいいでしょう。そうした市場があるせいで、不幸にしてコロンビアの麻薬産業は大いに繁栄しています。これは私の印象ですが、麻薬取引はもはや人間の手に負えない問題になってしまったように思えます。だからと言って、悲観的になり、敗北を認めるというのではありません。ただ、麻薬撲滅の戦いを続けるのであれば、単に薬剤を撒いて枯らすのではなく、今述べたような視点に立たなければならないということなのです。

少し前に、ケシの種を蒔いたたかだか三、四ヘクタールほどしかない狭い台地に北米のジャーナリストのグループと一緒に足を踏み入れたことがあります。ヘリコプターと飛行機から除草剤を撒布するというデモンストレーションが行われました。台地の上空を三度ばかり通過した時に、航空機を飛ばす方がその土地の代金よりも高くつくのではないかとわれわれは考えました。こんなことをしても決して麻薬取引をなくすことはできないとわかっていたので、一同がっくり肩を落としました。私は同行していた北米のジャーナリストの何人かをつかまえて、除草剤を撒くのなら、まずマンハッタン島とワシントン市役所からでないのかと言いました。さらに、麻薬問題——どんなふうにして種を蒔き、精製し、海外に運び出すのかをあなた方をはじめ、世界中の人が知るようになったのは、われわれコロンビアのジャーナリストが調べ上げ、公表したからだと言いました。多くのジャーナリストがそのために命まで落としたのです。ところが、あなた方、北米のジャーナリストは誰一人、麻薬がどのようにしてアメリカ合衆国に持ち込まれ、ばらまかれ、売りさばかれているのかを明らかにしなかったではないかと非難しました。

ラカーリェ前大統領は先ほどこのようなアメリカが救済されるかどうかは一に教育にかかっていると言われましたが、私はここにおられる皆さんがその考えに同意されるものと信じています。昨年開催されたユネスコの《意見フォーラム》においても同じ結論に達し、《遠距離大学》という素晴らしい構想がついに生まれたのです。そこに、早い時期から子供たちの適性と資質を把握するアイデアを継続して考えていく仕事があらためて任されました。その仕事は世界中の人たちが必要としているものです。基本的な考え方は単純で、子供の前にさまざまなおもちゃを置いてやると、その子は最終的にひとつだけを選び取ります。国家の務めは、子供が選んだおもちゃで長い間遊べる条件を整備してやることです。人が幸せで、長生きするための秘密の処方箋がそれだと、私は確信しています。すべての人がゆりかごから墓場まで無事に生き延び、自分の好きなことができるように願っています。同時に、国が教育をなおざりにし、私立の特定の教育機関にゆだねる傾向があることに関しては警戒しなければならないという点でも、意見の一致をみているように思われます。良し悪しを問わず私立の機関に教育をゆだねると、どうしても差別化が生まれてきます。ですから、教育を国家の務めとする考え方を否定するのは破滅的なことなのです。

ラテンアメリカは本当に存在するのかという疑念を払拭する上で、今回の四時間に及ぶリレー講演は有益だったという言葉を結びにしたいと思います。ラテンアメリカは存在するかどうかは、ラカーリェ前大統領とアウグスト・ラミーレスが講演会の冒頭でこのテーブルの上に手榴弾のように投げつけた問題です。二日間、ここで行われた講演の内容から、ラテンアメリカが存在することについては疑問の余地はないはずです。おそらくラテンアメリカの運命は、自らの運命を永遠に探し続けるオイディプスのそれになるでしょう。そして、それが世界のどの土地とも違う人間にわれわれを作り上げている創造的な宿命なのです。ラテンアメリカは悲惨な状況の中で分裂し、まだ未完成で、つねに生きるための倫理を探し求めています。それでも間違いなく存在しています。証拠があります。この二日間で、われわれはその証拠を手に入れました。すなわち、われわれは考える、それゆえ存在する、です。

＊コンタドーラ島は、パナマ湾内にある島。出席者は以下の通り。講演者としてウルグアイの前大統領ルイス・アルベルト・ラカーリエ、参加者としてはフェデリーコ・マヨール・サラゴサ、ガブリエル・ガルシア＝マルケス（この集まりの最後の講演者）、ミゲル・デ・ラ・マドリッド・ウルタード、セルヒオ・ラミーレス、フランシスコ・ヴェフォルト（ブラジル文化省大臣）、そしてアウグスト・ラミーレス・オカンポ（コロンビアの元外務大臣）がいた。

中央アメリカを襲った危機の中で、一九八三年一月九日にあの地域の平和と民主主義に貢献する目的で《コンタドーラ島グループ》が誕生し、当初のメンバーはコロンビア、メキシコ、パナマ、ベネズエラだった。グループ結成のために上記の四か国の外務大臣がパナマの島に集まり、その島の名前からグループ名が生まれた。

われわれとは異なる世界における性質の違い
――コロンビア、サンタフェ・デ・ボゴタ。一九九六年四月十二日

軍人についての話をはじめて聞いたのはまだ子供の頃で、祖父が当時バナナ会社虐殺事件と呼ばれていた出来事のぞっとするような顚末を聞かせてくれた時でした。ユナイテッド・フルーツ社で働く労働者がデモをし、それを軍隊が銃弾で鎮圧したあと、シエナガの鉄道の駅に追い詰めたそうです。金銀細工の仕事をしていた祖父は根っからの自由派の人間で、ラファエル・ウリーベ・ウリーベ将軍（一八五九―一九一四。自由急進派の指導者で、内戦を指揮し、戦後に暗殺された）の戦列に加わって《千日戦争》に従軍し、大佐にまで昇進しました。そのおかげで形式的には五十年続いた内戦に終止符を打つことになったネエルランディア条約（コロンビアでは一八九九年から一九〇二年まで《千日戦争》と呼ばれる内戦が続き、それが終結した時点で結ばれた和平条約）の調印式に出席しました。祖父の正面、つまりテーブルを挟んで向かい側には長男が保守党の国会議員として座っていたそうです。

祖父から聞かされたバナナ会社にまつわる悲劇的な事件は、幼い頃の私にとってもっとも

強烈で、しかも忘れることのできない映像として心に刻みつけられました。その印象が強かったものですから、幼年時代を通じて家族とその友人たちにとって強迫観念のようになっていたのを今でも覚えています。ある意味であの出来事はわれわれの人生を永遠に決定づけました。一方で、四十年以上続いた政治的な権力抗争を早く終わらせるほど大きな歴史的意義を備えており、以後の職業軍人の組織にまで影響を及ぼしたほどです。

ですが、軍人が私の記憶に消し難い痕跡を残したのは別の理由によるもので、今回の講演にはそちらの話題のほうが向いているように思われます。私が軍人に対して抱いた最初のイメージは先ほど述べた通りで、そのイメージが変わりはじめて、本来の姿としてとらえられるようになるまでには長い時間がかかりました。悪いイメージを払拭しようと意識的に努力してきたにもかかわらず、五十年間で会話を交わす機会を持てた軍人は六、七人しかおりません。しかも、ほとんどの軍人に対してのびのびと自由に話すことができませんでした。互いに相手を信頼し切れなかったせいか、話が弾まず、しゃべっていても彼らと自分の使っている言葉の意味がちがっているように思えてなりませんでした。要するに、話すことがなかったのです。

だからと言って、この問題に無関心だったとお考えにならないでください。逆に、そのことが大きなフラストレーションになっています。いったい軍人と私のどちらに問題があるのだろう、意思疎通を阻んでいる壁をどうすれば打ち壊せるのだろうと自分に問いかけました。

それは決して生やさしいことではありません。国立大学の法学部に籍を置いていた最初の二年間――当時私は十九歳でした――、同級生の中に軍の中尉が二人いました。(この中にその方たちがおられるといいのですが。)二人はシミひとつない揃いの軍服に身を包み、授業時間になるといつも一緒にやってきました。別々の席に座って誰よりも生真面目かつ熱心に勉学に励んでいて、つねにわれわれと違った世界に生きている気配が感じ取れました。人から何か尋ねられると、じっと耳を傾け、丁寧に答えていました。ですが、ひどく堅苦しい感じで、訊かれたことだけに答えていました。試験の時期になると、われわれ一般学生は四人ずつグループに分かれて、カフェで試験勉強をしました。土曜日のダンス・パーティや学生同士の喧嘩、静かな酒場やあの頃の陰気な売春宿でもわれわれはよく顔を合わせました。けれども、同級生の軍人の顔はちらっとも見かけたことがありません。

結局、彼らはわれわれと違う性質を備えているのだと考えざるを得ませんでした。一般的に言って、軍人の息子は軍人になり、軍人の住む地区で暮らし、自分たち専用のカジノやクラブに集まります。その世界はドアから外に向かって開かれていないのです。ですから、カフェで顔を合わすことも、映画館で見かけることもなかったのです。一般人の服装をしていても、すぐに軍人だと見分けられる神秘的な雰囲気を湛えています。仕事の性格上、軍人には遊牧民のように国内の隅々まで訪れる機会があるわけですが、これはほかの同国人には経験できないことです。にもかかわらず、軍人は自分たちの意思で選挙権を放棄しています。

私は厳しくしつけられたものですから、挨拶の時に失礼がないようつねに記章を頭に叩き込んできました。なんとか覚え込もうとしたのですが、とても覚えきれませんでした。

以上のような私の偏見を知っている友人の中には、今回のこの訪問を知って、どうしてそんなことをするんだと怪訝に思っている人もいます。ですが、実を言うと偏見など抱いていません。祖父からシエナガの悲劇の話を聞かされて以来、権力のさまざまなありように関する私のこだわりは、文学的なものを超えて、ほとんど人類学的なものになっています。自分のすべての作品の中心部をベルトのように流れているテーマの起源はそこにあるのではないかと、何度も自分に問いかけてきました。つまり、バナナ会社が撤退した後の町の復興を描いた『落葉』、手紙が来ない大佐、政治的に利用された軍人について考察した『悪い時』、三十三回（『百年の孤独』でA・ブエンディア大佐が行った戦闘は三十二回）の戦闘のすさまじい轟音の鳴り響く中で詩を書いていたアウレリャノ・ブエンディア大佐、二百数十歳まで生きたのに、ついに字が書けなかった族長。こうした人物や作品の中にそれが現れているはずです。今挙げた最初の作品から最後の一冊まで――そして、これから書くつもりの多くの本の中でも――私は権力の性質についてずっと問いかけていくことになるでしょう。

けれども、こうしたことを本当に自覚しはじめたのは、『百年の孤独』を書いている時だったと思います。あの時、私の背中を押したのは、おそらく法と秩序の勝利をうたっている公式の歴史に逆らってでも、悲劇的なあの事件の犠牲になった人たちを歴史の闇から救い出せるかもしれないという思いでした。直接的、間接的に入手した証言によれば、犠牲者の数は七人を超えることはなく、悲劇の大きさも集団的な記憶の中に断片的に残っているものしかなかったのです。だからと言って、国の大きさを考えるなら、あの不幸な出来事が取るに足らないものであるとは言えないはずです。

あなた方はおそらく、私が現実に起こった事件を勝手にふくらませて、三千人の死者が出て、その遺体を二百輛の車輛をつないだ列車に積み込んで、海に投げ捨てたと書いたのはどういうわけだと尋ねられるでしょう。それは当然の疑問です。しかし、詩をキーワードにすれば簡単に説明がつきます。当時私が書いていたあの本の中の世界におけるバナナ会社のエピソードは、この世界のどこかで起こった恐ろしい歴史的事件ではなくて、神話的なスケールのものなのです。ですから、犠牲者の数はむろん大きく膨れ上がり、手を下した人間たちには顔も名前もなかったのです。ですが、無実だと言い切れる人間はひとりもいません。そして、この途方もない話からヘルニアを患い、牡牛のうろつく宮殿を歩きまわっている年老いた族長が生まれてきたのです。

ほかに書きようがありませんでした。ラテンアメリカが唯一生み出した神話的人間は十九世紀末と二十世紀初めに現れてきた軍人の独裁者です。彼らの多くはたしかに自由派の指導者だったのですが、結局は野蛮な独裁者に変貌しました。もしアウレリャノ・ブエンディア大佐が三十六回（三十二回）の戦争でたった一度でも勝利を収めていたら、おそらく彼も独裁者のひとりになっていたでしょう。

『迷宮の将軍』で、解放者シモン・ボリーバルの最後の日々のことを書く夢がかなったのですが、この本では文学的創造という白鳥の首を絞めざるをえませんでした。並外れてはいても、生身の人間にちがいなかった彼は最後の最後まで病み衰えた体に鞭打って戦い抜きました。それまでの戦闘で銃を持って戦い、彼が死を迎えるまでともに戦い続けるつもりでいた若い軍人たち、彼らだけが生き証人だったのです。私は、ボリーバルが現実にどのような人間で、部下の一人ひとりがどういう人たちだったのかを知る必要がありましたし、解放者の書いた魅惑的で、しかも包み隠さずにすべてを語っている手紙を通して、自分なりに精いっぱい彼の人となりに近づけたと思っています。謙虚な思いを込めて申し上げますが、『迷宮の将軍』は我慢できずに詩的な装飾を施したところがあるにしても、歴史的な証言だと自分では信じています。

ここ数日間、あなた方はこの場でほかの友人たちと対話をされてきました。できれば今述べたような文学の謎について対話を続けられればと思っています。軍の側から今回のような企画を立てられたわけですが、担当の方々は避けて通れないこうした問題に私がそっぽを向くどころか、より発展的な形で実を結ぶように願っていることを知っておられます。皆さんがそれぞれ自分の専門とする分野についてお話しになりました。私の専門といっては文学だけです。何ら学問的な教育を受けてはいない私も、この分野に関しては豊かな経験を持っています。ですから、つねに平穏とは言えない文学の部隊にあなた方を入隊させることができるのではないかと考えています。そのために、まず手はじめに次の言葉を贈ります。《あなた方一人ひとりが背嚢につねに本を一冊入れておけば、皆さんの人生はもっといいものになるはずです。》

＊コロンビア国軍は、当時のコロンビアの国防相ファン・カルロス・エスゲーラ・ポルトカレーロの裁量で、《法治国家と警察力》という講演会とともに「コロンビア講座」と題されたプログラムを正式に開催することにした。

その学問的なプログラムでは、軍人の聴衆を前にしてガブリエル・ガルシア＝マルケス、ロドリーゴ・パルド・ガルシア、検事アルフォンソ・バルディビエソ・サルミエント、歴史学者ヘルマン・アルシニエガス、前大臣のファン・マヌエル・サントス（現コロンビア大統領）、ルドルフ・オメス、憲法制定に携わったオルランド・ファルス・ボルダ、それに作家のグスタボ・アルバレス・ガルデアサバル（一九四五―　。コラムニストとしても活躍）が講演をした。

ジャーナリズム、世界でもっとも素晴らしい仕事
——アメリカ合衆国、ロスアンゼルス。一九九六年十月七日

ジャーナリズムの勉強をしたい学生に対してその適性と資質を見るためにどのような試験を課しているのですか、という問い合わせがコロンビアのある大学にありました。回答は《ジャーナリストは芸術家ではありませんというにべもないものでした。ジャーナリストの書いたものが文学的なジャンルに属するのだという思い込みがあるから、逆にそのような返答がきたのでしょう。ただ、困ったことに学生はもちろん、多くの先生方もジャーナリズムの文学性に気づいていないか、そう思っていないのです。おそらくジャーナリズムの勉強をしようと決意した学生たちの大半が、なぜそう志望したのかを正しく把握していないところに原因があると思われます。ある学生は、《メディアは明らかにしていることよりも隠している方が多いと感じたからです》と答えました。別の学生は、《政治の道へ進むのに一番近いコースだからです》と答えています。情報を受け取るよりも、いかに伝えるかに情熱を感じると答えたのはひとりだけでした。

今から約五十年前、コロンビアの新聞界はラテンアメリカ諸国の先頭を切って走っていましたが、当時はジャーナリズムを教える学校などありませんでした。編集室や印刷所、会社の向かいにある小さなカフェ、金曜日ごとに行われる飲み会で仕事を覚えたものです。記者はいつも一緒に行動し、共同生活を送っていましたし、仕事に熱中していて、仕事以外の話などしたことがなかったのです。私生活と言えるようなものはほとんどなく、友達といえば仕事仲間だけでした。毎日二十四時間あちこち移動し、仕事漬けになっていろいろなことを学びました。そういう生活をしなかったり、あるいは仕事の話ばかりでうんざりした人は、ジャーナリストになりたい、もしくは自分はジャーナリストだと思い込んでいても、実際はそうでなかったのです。

当時の情報メディアと言えば、新聞とラジオしかありませんでした。ラジオが文字を使う新聞に追いつくのには時間がかかりました。押しつけがましくて、いくぶん軽薄な独自のパーソナリティを得て、ラジオが情報を発信するようになると、あっという間に聴取者を獲得しました。テレビという魔法の機械装置がもうすぐ広まると言われながら、なかなか実現しませんでしたが、現在その帝国は想像を絶するほど大きなものになっています。長距離電話がはじまったばかりの頃、通話するには交換手を通さなければなりませんでした。テレタイプとテレックスが発明されるまでは、国内の遠い土地や外国と通信するには郵便と電報を使うしかなかったのですが、テレタイプとテレックスはまちがいなく届きました。

殉教者としての召命を受けた無線電信のオペレーターは、恒星間の雑音の間を飛び交っている世界中のニュースを拾い集め、博識な編集者が、一片の椎骨をもとに恐竜の骨格を復元するように細部を付け加え、前例を挙げながらニュースの骨組みを完全なものにしていきました。ただ、解釈は編集長の聖域に属しているので許されませんでした。が、実際は編集長が書いたものでなくても、社説は編集長が書いたことになっていたのです。編集長の手書きの原稿はたいてい、とても読み取れないほどひどい字体で書かれていました。《エル・エスペクタドール》紙のドン・ルイス・カーノ（一八八五―一九五〇。コロンビアの著名なジャーナリスト）のような編集長、あるいは《エル・ティエンポ》紙のエンリーケ・サントス・モンテーホ（カリバン）（一八八六―一九七一。コロンビアのジャーナリスト）のように大変人気のあったコラムニストには、彼らの手書きの原稿を解読する専属のライノタイピスト（古いタイプの印刷機ライノタイプを使う技術者）がいました。もっとも神経を遣い、それだけに威信があったのは社説でしたし、あの時代において仕事の重要な中心であり、もっとも影響力が強かったのは政治分野でした。

ジャーナリズムは実践の中で学ぶもの

ジャーナリズムの仕事はニュース、時評、ルポルタージュの三つに大別でき、それに社説が加わります。インタビューはあまり一般的ではなく、独立したものではありませんでした。当時はむしろ時評やルポルタージュの素材として使われていたのです。ですから、コロンビアでは今でもインタビューという代わりにルポルタージュという言葉が使われています。報道記者がもっとも日の当たらない仕事で、その言葉には単純な仕事をするまだ駆け出しの人間という意味が込められていました。長年にわたっていい仕事をし、それを積み重ねていくことで階段を一段一段のぼっていって、操縦室にたどり着かなければならなかったのです。同じジャーナリストの仕事と言っても、昔に比べるとすっかり様変わりして、その神経系は実を言うと逆方向に巡っていることがわかります。

かつてはジャーナリストになりたいという強い思いさえあれば、誰でも同業者組合に入ることができました。ただ、同族が経営する新聞社の社主の息子であっても、仕事上で能力があると証明しなければなりませんでした。ジャーナリズムは実践の中で学ぶもの、という標語がすべてを語っていました。ほかの分野で挫折したり、キャリアに箔をつけたいと思っている学生、あるいは別の専門職に就いていて、遅ればせながら自分の真の資質に気づいた人たちが新聞社にやってきたものです。ジャーナリストになるためにはしたたかな精神力が求められました。だから、新入りは海軍の水兵と同じで、手厳しいからかいの種にされたり、抜け目ないかどうか試すために罠を仕掛けられたり、締め切りが迫っている時間にあるテキストを無理やり書き直しさせられたりしました。要するに栄光をもたらす創造性を身につけるためだというわけです。言わば新聞社は工場みたいなもので、それぞれの部署のモラルを保ちながら、全員参加の形で意見を形成し、作り上げ、明解に発信していたのです。経験からはっきり言えるのは、ジャーナリストとしてのセンス、感受性、忍耐力を備えている人が仕事を継続的に続けていきさえすれば、どんなことでも簡単に覚えられました。実際に仕事をするためには基礎となる教養が必要で、それは仕事場の雰囲気の中で自然に身につきました。ただ、読書は職業上の悪癖でした。独学者はつねに貪欲に本を読み、しかも速読家でなければなりません。あの頃のジャーナリストは自分たちのしているのが世界でもっとも素晴らしい仕事（彼らがそう言っていたのですが）だと考え、それをいっそう高めるために実によく本を読んでいました。アルベルト・リェラス・カマルゴ（一九〇六―九〇。コロンビアのジャーナリスト、政治家）はつねにジャーナリストでしたし、二度にわたって大統領職に就いていますが、学士号すら持っていませんでした。

あの頃に比べると事情は様変わりしました。現在コロンビアではジャーナリズムの資格証明書が二万七千通ほど出回っています。ですが、ジャーナリストとして働いている人はほとんどがそんな証明書を持っていません。持っている人たちは列を作って並ばなくていいからとか、スタジアムに無料で入れる、あるいは日曜日に行われるさまざまなイベントに通行証としておおっぴらに使えるからと重宝しているのです。しかしジャーナリストの多く、中には著名な人もいますが、彼らは資格証明書をほしがらず、必要としていません。そうした証明書は、情報科学学部が新設されたばかりの頃、ジャーナリズムには学問的なバックボーンがないという言わずもがなの事実に対する反動として生み出されたものなのです。あの頃のプロのジャーナリストは学士号を持っていなかったか、持っていたとしてもジャーナリズムの仕事とは関係のない分野のものでした。

学生、先生、ジャーナリスト、重役、経営者にインタビューして、こうした点について尋ねたところ、大学の果たす役割については期待外れという答えしか返ってきませんでした。卒業論文を執筆中の学生のグループは、《大学教育には、論理的な思考や抽象的な理論構築に対する無関心がはっきり感じ取れます》と答えました。《現在のような状況になったのは、テキストを無理やり押し付けたり、いろいろな本の章をやたらコピーして、断片的に切り取るだけで、自分の考えをはっきり表明しない教育者にも責任の一端があります。》幸いなことに、学生たちは不快感よりもユーモアを込めてこう言っています。《ぼくたちはコピーのプロなんです。》大学も自分たちの教育、とりわけ人文科学の分野において明らかな欠陥のあることを認めています。学生たちはまともな文章も書けないまま高校を卒業し、入学してくるので、文法と正書法に関して深刻な問題を抱えており、テキストを深く考えて理解することも満足にできないのです。多くの学生は入学時と変わらないレベルのまま卒業していきます。《学生たちは浅薄な思考しかできず、安易な方向に流れるきらいがあります》とある先生は言っています。《自分たちが書いた文章にもう一度目を通し、練り直すように言うのですが、誰もいい顔をしません。》つまり、学生たちが関心を持っているのはジャーナリストとしての仕事の上っ面だけであり、現実とそれが抱える重大な問題に目を向けようとしないのです。要するに、いろいろ調査し、読者に奉仕する必要性を実感しておらず、ただ目立ちさえすればいいと思っているのです。ある大学の先生は、《彼らにとって職業人としての人生の主たる目的は、社会的地位を高めることだけです》と結論づけています。《専門的な仕事を通して自己実現するとか、精神的に豊かになるといったことではなく、より高い地位につくために学位をとることしか頭にありません。》

アンケートに答えた学生の大半は、学校に失望を感じていて、自分たちに求められている能力、とりわけ人生に対する好奇心を植えつけてくれなかったと、しれっとした顔で先生を批判しています。何度も賞をもらった傑出したある女性ジャーナリストは歯に衣を着せずにこう言い切りました。《高等学校の課程を終える時に、何をおいてもまず多くの分野についての幅広い知識を身につけている必要があります。そして、その中で何が本当に自分にとって大切な問題なのかを把握しなければなりません。ところが現実はそうではないのです。学校で教えられたことを鵜呑みにし、そのまま繰り返しているだけです。結局のところ、試験にパスすることしか考えていないのです。》

中には次のように考える人もいます。つまり、大学が大衆化したために教育に支障をきたし、学校としては学生をきちんと教える代わりに、手を抜いたいい加減な教育をするしかないという誤った道をとらざるを得なかった、したがって今の才能ある人たちは個人としてバラバラに学校を相手に戦わなければならないというのです。さらに、学生の適性や資質を重視する先生が少なくなっている点も見落とせません。《むずかしい問題です。教育は一般に反復のさらなる焼き直しの方向に向かっていますから》とある先生は答えています。《二十年間同じ教科を教え、椅子に座って教育、研究に従事している教授よりも、未熟で単純な学生の方が先に希望が持てますね。》自分の将来に大きな夢を抱いて卒業した学生たちがジャーナリストになるためには、自分の置かれた環境の中で実践を通してすべてをもう一度学び直さなければならないのですから、何とも悲しいことです。

　中には、自分はある大臣のデスクの上に極秘文書が逆向きに置いてあっても、読むことができるとか、対話者とあらかじめ打ち合わせておかなくても何気ない対話を記憶に刻み付けることができる、あるいは前もって内密の話だと伝えておいた会話をそのままニュースとして使うことができると豪語する人たちがいます。他社を出し抜いて重大なニュースをつかむのはお金に換算できないほど大切なものだと、彼らは固く信じ、誇りを感じています。目的達成のために大胆な行動に打って出る場合は、時に倫理観に悖《もと》るようなことでもやらなければならないと考えているわけですが、このようなスクープ《チバ》・シンドロームが何よりも深刻な問題です。いいスクープとは人よりも早く手に入れたニュースではなく、より良いやり方で入手したニュースであるのが基本なのですが、彼らはそのような基本を歯牙にもかけません。

その対極にいるのが、仕事は高級官僚のように安楽椅子にふんぞり返ってするものだと考えている人たちです。しかし、心を持たないテクノロジーは人間のことなど眼中になく、彼らはその圧政下に身を置いているのです。

亡霊は世界を駆け巡る：録音機

録音機が発明されるまで、ジャーナリストが仕事をする上で欠かすことのできないものはメモ帳としっかりした倫理観、それに相手の話を聞くために用いていた二つの耳だったのですが、この三種の神器は実を言うと一つのものでした。初期の録音機はタイプライターよりも重くて、縫い糸のようにもつれやすい磁気テープのスプールがついていました。それが出はじめてしばらくすると、記憶の助けになるというのでジャーナリストが使うようになり、さらに、ものを考えるという重い任務までその機械に負わせるような人たちが出てきました。

実のところ、プロとしての倫理観に基づいた録音機の使い方はまだ見出されていません。できれば誰かが、あの機械は記憶の代用品ではなく、初期の頃ジャーナリストが愛用した、例のつつましやかなメモ帳のいささか発展したものだと教えてやるべきです。録音機は記録するけれども耳を傾けて聞くわけではないし、録音するけれども思考するわけではなく、忠実に音声を聞き取るけれども心がありません。要するに、余さず記録された言葉は、誰かが対話者の生きた言葉に耳を傾け、自らの知性で評価し、自らのモラルにしたがって分類した読み取りほどには信頼が置けないのです。ラジオにとって、録音機は言葉を残らずとらえて、即座に発信するという点で大きな利点を備えています。しかし、多くのインタビュアーは次にする質問に気を取られて、相手の言うことをよく聞いていません。新聞記者にとって、相手の言葉を書き写すのはとても厳しい試練です。聞き間違いをしたり、言葉の意味を十分に汲み取れなかったり、正書法で迷ったり、統語法で心筋梗塞を起こしたりします。そうした問題を解決するには、新聞記者が相手の話を聞きながら録音し、その一方であの見栄えのしないメモ帳を用い、自らの知性を生かして文章化していくしかないと思われます。

録音機のせいで、困ったことにインタビューがあまりにも重視されるようになりました。ラジオとテレビがインタビューを何よりもすぐれた方法だと考えるのは、その性質上無理もないのですが、文字を用いる新聞までがジャーナリストの文章よりもインタビューを受けた人の声の方が、真実性が高いという考えを共有しているように思われます。かつて新聞のインタビューは、ある人が事件について何か語ることがある、あるいは考えていることがある場合、記者がその人と対話しました。ルポルタージュとは、出来事を実際に起こった通りに詳細、かつ真実として再構成することでした。だからこそ、一般読者はその場に居合わせているのと同じように事情を知ることができたのです。それらは相似的なだけでなく、相補的なもので、一方が他方を排除するものではないのです。ルポルタージュには全体をとらえて、情報として伝える力が備わっています。その力を超えられるのは、仕事に習熟したもっとも重要な細胞、ニュースに関するすべてを一瞬にして言葉にし、稲妻のように伝えることができる細胞だけでした。ですから、こうした仕事が現在抱えている問題のひとつは、歴史的に継承されてきたそれぞれの分野をごちゃまぜにしたり、排除するのではなく、その一つひとつに新しい場を与え、個別に価値を付与することなのです。また、忘れ去られていると思われるものをたえずよみがえらせる必要があります。こうした仕事が得意とする分野は調査だけではありません。ジャーナリズムは本来徹底的に調査して、不正を暴くことが仕事なのです。

この半世紀間に重要な進歩がありました。ニュースとルポルタージュにおいて、論評を加えたり意見を述べたり、さらには有益なデータを用いて社説をより実りあるものにできるようになりました。こうした自由が認められていなかった頃は、ニュースは古い時代の電報から引き継いだ、効果的ではあるものの、まことに簡潔な記事だったのです。その一方で、今では国際通信社のオフィスが書式まで押し付けてくるようになり、乱用がどこまで行われているのか確かめようがありません。真偽のほどが確かでない証言が引用符つきでやたら用いられるものですから、本当に信じていいのか、何か企みがあるのか判然とせず、しかもニュースに悪意のこもった操作や有害な歪曲が加えられていて、致命傷をあたえる武器になりかねないのです。全面的に信頼できる情報源や一般的に見てたしかな人物、名前を明かさないよう依頼してきた役人、すべてを知っているのに、人前に姿を現したことのない観察者、こうした人たちの言葉が引用される場合、彼らは処罰されることのないあらゆる種類の非難侮辱から守られることになります。当の本人は情報源を秘匿するという権利の中に身を隠しているからです。他方、アメリカ合衆国では、《あの長官は以前犠牲者の遺体から宝飾品を奪ったが、警察はそのことを否定した、と今も信じられている》といったふざけた記事が現在でも盛んに掲載されています。実際にそのような被害にあった人がいるというだけで、それ以上何も書くべき情報がなかったのです。いずれにしても、こうした道徳的な違反行為や今日のジャーナリズムにとって恥ずべきそのほかにもさまざまな出来事は、単にモラルの欠如から生じているのではなく、職業的に熟達していないこともその理由のひとつだと考えられます。そう考えると多少の慰めにはなります。

標準規格を通しての人材開発

機器がすさまじい勢いで発達し、テクノロジーが未来に向かってやみくもに走り出して迷路を作り上げている現状の中で、ジャーナリストがそれについていけずに戸惑い、途方に暮れているというのが現在の問題のようです。大学は教育に欠陥があると考えて、文字を使う新聞だけでなく、（当然のことですが）すべてのメディアのためのコースを作ったのでしょう。それが普及していく中で、この仕事に対して十五世紀から使われていた日録《ジャーナリズム》というつつましやかな名称があっさりはぎとられ、現在では情報科学、あるいは社会情報科学と呼ばれるようになっています。昔気質《かたぎ》の経験主義的なジャーナリストにとって、こういう名称に出くわすと、シャワー・ルームで宇宙飛行士の服を着た父親とばったり顔を合わせたような気持ちになることでしょう。

コロンビアの大学には、情報科学関係の学部が十四、大学院が二つあります。これはつまり今のままではいけないという強い思いがあるからにほかなりません。同時に、大学が現在教育に求められている要請に応えようとしている印象を受けます。しかし、二つのもっとも大事なこと、つまり創造性と実践は教えることはできません。

学生を集めるための大学案内には、教授連や将来彼らが就くはずの仕事が紹介されていますが、たぶんに理想化されています。先生から教え込まれた大量の理論的知識は現実にぶつかってつまずいたとたんに、どこかへ吹っ飛んでしまい、修了証書をひけらかしたところで災厄をまぬかれることはできません。本来なら、新しい技術を使いこなせるようにしっかり教え込まれて卒業すべきなのに、現実にはテクノロジーに振り回され、自分の夢とはまったく関係のないプレッシャーに押しつぶされて大学を出ていくことになります。勉学の途中でいろいろ興味深いことに出会うはずですが、立ち止まって考える余裕も時間もないし、ましてや勉学を続けようとする気力もなくなっています。

大学の中には社会情報科学の課程を選んだ学生に、工学部、あるいは獣医学部と同じ試験を課すところもあります。大学側にもそれなりの理屈があるのでしょうが、その課程を無事に修了した人が正直にこう言っています。《ジャーナリズムの勉強をはじめたのは、仕事をするようになってからです。大学ではじめて原稿を書く機会が与えられました。ですが、方法論を身につけたのは仕事をはじめてからです。》ジャーナリズムの命の糧とも言えるのが創造性だということが容認されていないのですから、これはノーマルな捉え方です。少なくとも芸術家に対するのと同じ評価がジャーナリストにもなされるべきなのです。

もうひとつ危機的な臨界点があります。企業のテクノロジーは実に立派なのに、労働条件がそれに見合っていないこと、またかつて精神を鍛えるのに役立っていた全員参加の仕組みとなるとなおいっそうお粗末だということです。編集部は、仕切り壁で区切られた無菌の実験室のようなところになり、そこにいると読者の気持ちよりも宇宙空間で起こる現象の方がより身近なものに感じられるのです。非人間化はすさまじい勢いで進行しています。以前はつねに明確に区分けされていた競走用のコースが、今ではどこからはじまり、どこで終わるのか、また、どこへ向かっているのかわからない状況にあります。

ジャーナリズムにかつての威信を取り戻してもらいたいという焦りに似た気持ちはあらゆるところに感じ取れます。それをもっとも強く願っているのは、最大の受益者であるメディア関係の会社の社主で、ジャーナリズムが不評を買っているのが一番こたえているのです。社会情報学部は容赦ない批判の対象になっていますが、無理からぬところがあります。そんな風に叩かれる原因は、仕事に役立ちそうなことは山ほど教えるが、仕事そのものはほとんど教えないところにあるのでしょう。まず、人文科学系のカリキュラムをしっかり立ち上げるべきです。ただ、何も野心的になったり、焦ったりする必要はありません。高校時代に学生たちが身につけられなかった教養の基礎をしっかり教え込めばいいのです。学生の適性と資質をしっかり見極めること、それと、人が一生かけても全体を掌握できないほど技術が発達してきたので、各メディアをそれぞれ専門とする分野に振り分ける必要があります。新しいテクノロジーがここまで発達し、多種多様な専門的部門が生まれてきた以上、他の職業を捨ててまで一つの事を専攻してきた大学院生がそうした仕事に向いているように思われます。それにしても二百五年前、ドン・マヌエル・デル・ソコーロ・ロドリーゲス（一七五八―一八一九。コロンビアにおけるジャーナリズムの創始者）が最初の紙にニュースを印刷した時のことを思えば、わが国も驚くほど変わったものです。

ただ単に修了証書や資格証明書を与えるのではなく、学生が歴史的な経験を批判的に継承しつつ活用し、小グループで行う実践的な共同作業を通して学ぶという基本的なシステムに立ち返ること、それこそが最終目標なのです。その際、もっとも重要な基本となる枠組みが一般読者への奉仕の精神です。ヨーロッパで現在行われている試みをメディアは力を入れてやる必要がありますし、それがひいては自分たちのためになるはずです。つまり、編集室なり、共同作業の現場、あるいはその目的のために設置された場所、どこでもいいのですが、そこですべての飛行機事故を再現する航空機事故シミュレーターで行うような訓練をして、路上で実際に遭遇する前に災厄をどうすれば避けられるかを学生たちに学ばせるのです。というのも、ジャーナリズムは癒しがたいひとつの熱情であり、その熱情を自分の中に取り込み、手なずけて人間的なものに変えるには、ひるむことなく現実に立ち向かうしかないからです。そうした苦しみを味わったことのない人は、人生が予見できないことで満ちあふれているがゆえに、そうした熱情の奴隷になっているのだという事実が理解できないのです。そのような経験のない人は、これはニュースになりそうだという超自然的な予感、スクープをつかんだ時に感じるオルガスムス、失敗した時の精神的な落ち込みがどういうものか考えもつかないでしょう。そのために生まれてきたのでない人、そのために死ぬ覚悟のできていない人は、貪欲で、しかも合理的に説明しようのない仕事の中で生き続けていくことはできないでしょう。しかし、真のジャーナリストが書いたものも、新しいニュースが伝えられるたびに永遠に忘れ去られる運命にあります。ですから、次の瞬間にはさらに大きな熱情をもってふたたび一からはじめなくてはならないので、片時も気の休まることはありません。

＊フロリダのマイアミに本部がある《米州新聞団体》（ＳＩＰ）の第五十二回会議。

《イベロアメリカの新しいジャーナリズム財団》の理事長としてガブリエル・ガルシア＝マルケスが行った開会講演。

言葉の神に捧げるべく海に投げ込まれた瓶

——メキシコ、サカテカス。一九九七年四月七日

十二歳の時、危うく自転車に轢かれそうになったことがあります。たまたま通りかかった司祭さんが、《危ない！》と叫んで救ってくれたのです。自転車に乗っていた人は地面に倒れました。司祭さんはそのまま足を止めずに、《どうだね、言葉の持つ力は大したものだろう》と言われました。あの日、私は言葉の持つ力に気づいたのです。周知のようにマヤ族の人たちはキリストの生きていた時代からすでにそのことを知っていて、さまざまな神のひとつとして、言葉のために特別な神を生み出しています。

今日ほど言葉の持つ力が大きくなったことはかつてありません。人類は言葉の帝国のもとで西暦二〇〇〇年代に踏み出そうとしています。イメージが言葉にとって代わりつつあるとか、消滅させるかもしれないと言われますが、まちがいです。それどころか、逆に言葉に力を付与しているのです。きわめて重要な意味と権威、それに自由意思を持った言葉がこれほど数多く使われている時代はかつてありませんでした。現代生活はまさに巨大なバベルの塔

です。新聞、読み捨てられる本、宣伝用のポスターによって作り出され、虐げられ、神聖化された数多くの言葉、ラジオ、テレビ、映画、電話、人の集まる場所に設置されたスピーカーから流れる話し言葉や歌、通りの壁に下手な字で大きく書かれた絶叫、薄闇の中、耳元でささやかれる愛の言葉。そう、大きく敗れ去ったのは沈黙です。事物はさまざまな言語で多くの名称を持っているので、どの言語でなんと呼べばいいのかわからなくなっています。言語は名付け親の手もとを離れてバラバラになり、混ざり合い、混乱し、グローバルなある言語に向かって押しとどめようもなく突き進んでいます。

スペイン語は、境界を持たないその未来において巡ってくる大きな周期のために準備しておかなくてはなりません。それは歴史的な権利なのです。グローバル言語は、今日までのように経済的絶対権力によって作り出されるのではなく、その生命力、その創造的な力学、広範囲にわたる文化的経験、拡張のスピードと力によって決まります。今世紀末にスペイン語は一千九百万キロ平方の土地で、約四億人の人々によって使われることになります。アメリカ合衆国でスペイン語圏文学を教えているある先生が、ラテンアメリカのいろいろな国からきている学生たちの通訳をしているだけで授業が終わってしまう、とこぼしたのも無理はありません。pasar（英語のpassに当たる単語で、さまざまな意味で使われる）という動詞ひとつとってみても五十四通りもの意味がありますし、エクアドル共和国では男性の性器を指す単語が百五個もあります。それにひきかえ、condoliente（condoler「同情、気の毒に思う」という名詞、動詞から派生してもおかしくないが、実際には存在しない形容詞）といったおのずと意味が汲み取れ、あってしかるべき単語がまだ生まれていません。あるフランス人ジャーナリストは、われわれの日常生活にはいたるところに目くるめくような詩的発見があると言っています。たとえば、途切れ途切れに悲しそうな声で仔羊が鳴くので一晩中眠れなかった男の子が、《灯台みたいだ》と言ったり、コロンビアのラ・グアヒラ地方で軍隊に食料を売っていた女が、レモンバーム（ハーブの一種で、セイヨウヤマハッカとも呼ばれる）は聖金曜日（キリスト受難の記念日で、聖週間に含まれている）の味がするから料理に使うのを拒んだという話、あるいはドン・セバスティアン・デ・コバルビアス（一五三九―一六一三。辞書編集者。『カスティーリャ語、あるいはスペイン語宝典』、一六一一、を作成したことで知られる）は自らが編纂した記憶に値する辞書の中に手書きで、黄色は恋人たちの色、とわれわれに書き残しています。われわれ自身も、窓の味がするコーヒーや部屋の隅の味がするパン、キスの味がするサクランボをどれほど味わってきたことでしょう。ずっと以前から自足している言語の知性がどこまでこうした表現に対応できるか試されているのです。ですが、われわれが貢献しようとしているのは言語を縛ることではなく、二十一世紀という新しい時代の中でのびのびと自由に活躍できるように言語を鉄の規範から解き放つことなのです。

その意味で、私はあえてここにお集まりの賢明な皆様に対して、文法がわれわれを単純化してしまう前に、われわれが文法を単純化すべきだと申し上げたいと思います。その法則を人間的なものにし、われわれがさまざまな恩恵をこうむっているインディオの言語から、実り豊かで教えとなるものを学び取ろうではありませんか。また、われわれが十分に消化しきっていないうちに次々に入り込んでくる技術的、科学的な新語を手遅れにならないうちに取り込み、品の良さを欠いている現在分詞や限られた地方に固有の que（英語の that に当たる語で、主に名詞節を導く接続詞）の用法、寄生的な de que の使い方（本来必要のない個所に de を入れて、que 以下が名詞節であることを示す使い方で、正しい文法規則では誤りとされる）を心を開いて受け入れ、接続法現在形に終わりから三番目の音節にアクセントが来る輝かしい用法をよみがえらせようではありませんか。たとえば、vayamos の代わりに váyamos（「〜しよう」あるいは「行こう」という意味で用いられる。英語の Let's go にあたる語）を、cantemos の代わりに cántemos（通常 vayamos と同じようにアクセント符号のない形で、「歌をうたおう」の意味で用いられる）を、muramos の代わりに muéramos（こちらも e を省略した形で、「死のう」の意味で使われる）を使おうではありませんか。揺籃期から人間にとっての恐怖である正書法にはそろそろ引退してもらいましょう。つまり、洞窟画《ルペストレ》の時代から受け継がれてきた h（スペイン語ではこの字母は発音しない。形式的に用いられているところから、いっそのことなくしてはどうかとガルシア＝マルケスは言っている）を地中に埋め、g と j の境界線を決める条約を結び（ge, gi と je, ji は発音が同じなので、スペイン人でも往々にして間違えることがある）、単語につけるアクセント符号についてももっと合理的にすべきです。たとえば、lágrima（「涙」という意味の単語）というべきところを lagrima

と読む人はいないでしょうし、revolver（「かき混ぜる」の意味で使われる動詞）とrevólver（「回転式連発拳銃《リボルバー》」の意味で使われる名詞）を取り違える人はいないはずです。また、スペイン語のburro（「ロバ」のこと）のbと、vaca（「牝牛」のこと）のvは、かつてスペイン人の先祖がまるで二つの違った字母であるかのように持ち込んだのですが、どちらかが不用ではないでしょうか？

言葉の神様のもとに届くだろうと期待して瓶を海に投げるように、無責任に以上のような問いかけをしてみました。私が的外れであっても思い切ってこのようなことを言わなかったら、神様はもちろんここにおられるすべての人が、いっそのこと神意で遣わされたあの自転車に十二歳の私が轢かれればよかったのにと思われるにちがいありません。

＊第一回スペイン語国際会議にて。

国際会議から敬意を表して招かれたノーベル賞作家は開会式に参加し、正書法の撤廃を弁護したために大論争が巻き起こった。

二十一世紀に向けての幻想
――フランス、パリ。一九九九年三月八日

イタリアの作家ジョヴァンニ・パピーニは、《アメリカはヨーロッパのゴミ屑でできている》という毒のある言葉を吐いて、四〇年代にわれわれの先祖を激怒させました。今となってみると、あの言葉は必ずしも的外れではなく、しかももっと悲しいことに、その罪はわれわれ自身にあると考えられる理由がいくつも見つかります。

シモン・ボリーバルはそれを予見して、『ジャマイカからの手紙』の中で独自のアイデンティティの意識を創り出そうと、《われわれは人間という小さな種である》という卓抜な一文を書きました。彼は新大陸が地上でもっとも大きく、国力があって統一のとれた国家になることを夢見、実際口にもしていました。最晩年にさしかかっていた彼は、現在でもまだ返済が終わっていないイギリス人への借款に苦しめられ、自国の革命から生まれた残り物のガラクタを売りつけようとするフランス人に悩まされもし、ついに我慢できずにこう懇願しました。《われわれは自分たちの中世を創り出すので、そっとしておいてもらいたい。》しかし、

結局われわれは潰えた幻想の実験場になったにすぎません。われわれの最大の長所は創造性なのにもかかわらず、これまでのところアジアを探し求めて偶然新大陸を発見した不運なクリストバル・コロン（コロンブスのこと）の遺産相続人であるわれわれは、二番煎じの教養とよその国の戦争を何とかやり過ごしてきたにすぎません。

どれくらいか前なら、われわれは新大陸のどこかの国にいるよりもパリのカルチエ・ラタンにいる方が、より簡単に知り合いになれたものです。サン・ジェルマン・デ・プレで誰かがチャプルテペック（メキシコ市内にある広大な公園）で演奏されるセレナーデの話をすると、もうひとりはコモドロ・リバダビア（アルゼンチン南部のパタゴニアにある町）に吹く強風の話をし、パブロ・ネルーダが愛したアナゴのスープの話が出ると、別の人がカリブ海のたそがれの話をするといったように、お互いにどこの出身なのか尋ねたりせず自分たちの生まれたはるか遠くの牧歌的な世界を懐かしく思い出したものでした。今では、皆さんもすでにお気づきの通り、われわれがパリの町で顔を合わせようとすると、広大な大西洋を越えなければなりませんし、そのことを誰も奇妙だと思わなくなっています。

まだ四十代になっていない夢想家のあなた方には、今申し上げたようなとてつもなくおかしなことを文章化するという歴史的な仕事が課せられています。心臓移植からベートーヴェンの四重奏に至るまで世界中の出来事はすべて、現実に存在する前からそれを考え出した人の頭の中にすでにあったということを思い出してください。二十一世紀に何も期待してはいけません。逆に二十一世紀があなた方にすべての期待をかけているのです。新しい世紀はすでに出来上がったものとして訪れてくるのではなく、われわれが自分のあるべき姿としてイメージするものに合わせてあなた方が作り出すようにと待ち受けています。そして、あなた方がそのように思い描けばその通りの、平和で、われわれ自身のものである世界になることでしょう。

＊《新しい千年に向けてのラテンアメリカとカリブ海》セミナーにて。
米州開発銀行とユネスコが三月八日と九日にパリで開催したセミナー。そのセミナーに特別招待客として招かれたガブリエル・ガルシア＝マルケスはこの開会式で短い講演を行った。

遠くにあって愛する祖国

――コロンビア、メデジン。二〇〇三年五月十八日

「われらの身に降りかかったこの大嵐もすべて、まもなく天気がしずまって、万事がわれらにかならずよくなるという前兆だよ。なぜと申すに、よいことも悪いこともそうそういつまでもつづくものではないのだからな。」（セルバンテス『ドン・キホーテ』会田由訳。ちくま文庫）

ドン・ミゲル・デ・セルバンテス・サアベドラのこの美しい言葉は、言うまでもなく現在のコロンビアではなく、自分の生きた時代のことを言っています。それにしても、これからする悲惨な話に彼の言葉がここまでぴったり当てはまるとは思いもしませんでした。現在のコロンビアが置かれている身の毛のよだつような状況を思うと、もしドン・ミゲルが同時代の同国人として生きていたとすれば、希望の持てる美しい言葉を並べてあのようなことを言わなかったでしょう。彼が抱いた幻想を打ち砕くような例を二つばかり挙げてみましょう。

昨年、暴力的な事件が相次いだために四十万人近い人が家と土地を捨てて逃げ出さざるを得なくなりました。この半世紀だけで、ほぼ三百万人のコロンビア人が同じようにして逃げ出

しています。ここメデジンの人口よりも多い、ボゴタの人口に匹敵しそうなほど多くの人が移動しているのです。一国の人口に当たるくらいの人々が漂流しているのですが、彼らは財産をすべて失い、着の身着のままで生き延びられる土地を探し求めて祖国の中をあてどなくさまよっています。逆説的な話ですが、そうして逃亡した人たちは、どういうわけか現代世界でもっとも安定している二つの商取引、麻薬取引と武器の不法販売に支えられている暴力の犠牲者であり続けています。

きわめて深刻で潜在的な兆候があって、それらがコロンビアという国を窒息させています。たとえてみれば、コロンビアは二つの国が同居している国家のようなもので、しかもこの二つは性格を異にしているばかりか、アメリカ合衆国とヨーロッパ、つまりは全世界に迷夢を見るための麻薬を売りさばく途方もなく巨大なブラック・マーケットの中で対立しています。麻薬取引をなくさない限り、コロンビアから暴力を排除することはできないでしょう。ただ、厳しく禁止すればするほど、いっそうはびこっていく麻薬をなんらかの形で合法化しない限り、麻薬取引がなくなることはありえないとも考えられます。

四十年にわたって公的な秩序がさまざまな形で蹂躙されてきましたが、その間に社会を転覆させるか、ありふれた犯罪行為に走ることでしか生きていけない、社会の周縁にいる人たちが数世代にわたって生まれてきています。作家のR・H・モレーノ・ドゥラン（一九四五―二〇〇五。コロンビアを代表する現代作家）は《死ぬことでしか、コロンビアは生きている証しを示せないだろう》と言っていますが、実に的確なことばです。われわれは容疑者として生まれ、罪人として死んでいくのです。数年前から和平会談が開かれると、決まって流血の惨事で終わっています。ただ、密かに行われていて知られることはないが、忘れてならない例外的な会談もあります。罪のない観光旅行から単純な物品の売買にいたるまで、国際的な出来事があると、われわれコロンビアの人間はまず、自分たちは潔白であるということを証明しなければなりません。

いずれにしても、政治的、社会的な雰囲気はわれわれの祖父たちが夢見た平和な祖国とはおよそ縁遠いものでした。平和な祖国を生み出す雰囲気は、不公平を容認する体制、偏った宗教教育、太古から《ルベストレ》の封建制度、抜きがたい中央集権制の中で早々に姿を消しましたし、首都は遠い雲の中にあって、ひとり物思いにふけっていました。永遠に変わることのない二つの党（一八九九年にはじまった《千日戦争》以後自由党の急進派と保守党の対立が深まっていったことを指す）は、敵対しつつも共犯関係にあり、選挙を行えば血が流され、裏取引が行われてきました。すべては、国民不在の数々の政府が作り上げた空想物語でしかなかったのです。大きな野望を支え、それを存続させたのは、二党間で行われた二十九回に及ぶ内戦と三回のクーデタだけでしょう。そのせいで、悪魔が見越していたかのように社会は崩壊し、現在のような数々の不幸が襲ってきたのです。抑圧された祖国は長年にわたる不運に耐えている間に、幸せでもないのに、いや、不幸のただなかにあってさえ幸せだと感じるすべを学んできました。

現在われわれは生き延びることさえむずかしい状況に追い込まれていますが、まだ少年の心を失ってはいません。自分の国ではほっと溜息を漏らして心安らかに死ぬことができないとわかっているので、北へ行けばひょっとして救いがあるかもしれないと考えて、アメリカ合衆国をじっと見つめています。ですが、あちらにあるのは盲進の帝国です。彼らはコロンビアを善良な隣人、あるいは金も求めず、しかも裏切ることのない共犯者とはみなしておらず、貪欲な帝国の渇望を満たすための土地としか考えていません。

われわれにはもともと天賦の才が二つ備わっていて、それが文化的条件の中でぽっかり口を開けている穴を回避し、手探りで自らのアイデンティティを探し求め、不確かな靄の中で真理を見出す手助けをしてくれました。天賦の才のひとつは創造性で、もうひとつは個人的に何としても上に這い上がっていくのだという強い決意です。この二つの美徳が、スペイン人が上陸したその日から原住民が見せた神がかり的な抜け目なさを養い育ててきたのです。征服者たちは騎士道小説を読んで妄想に取りつかれていました。そんな彼らを、純金で作られた都市という幻影、あるいはエメラルドの池で泳ぐ金の衣装をまとった王の伝説でたぶらかしたのです。これこそ創造的な空想が生み出した傑作であり、侵略者の餌食になるまいとして彼らが考え出した途方もない魔術的なやり方でした。

今日、約五百万人のコロンビア人が、生まれた時から不幸が続いている祖国から逃げ出して、外国で暮らしています。身を守るものと言っては向こう見ずな大胆さ、あるいは機知しかないのに、何とか生き延びているところを見ると、われわれの内には先史時代からのしたたかな抜け目なさがまだ失われていないのでしょう。その美徳、つまりクリエイティヴな想像力のおかげで飢え死にすることなく生き延びています。というのも、インドでは行者になり、アメリカ合衆国では英語教師をし、サハラ砂漠ではラクダを引いているからです。すべてではありませんが何冊かの本の中で書いたように、私は空論の種になる夢よりも現実に起こるばかばかしい出来事を信じていると伝えようと努めてきました。夢というのは、たいていの場合後ろめたい感情を沈黙させるくらいの役にしか立ちません。われわれは不幸な国に生きていますが、その国の背後にもうひとつ別の国がまだ発見されずに残されていると信じています。それは、われわれが歴史の中で数々の間違いを犯しながら作り上げてきた型におさまることのない秘められたコロンビアです。

われわれは、コロンビア人の芸術的な創造力が賞賛されはじめた時点で、自分たちが誰で、何の役に立っているかをはっきり意識して、国が健全であることに気づきはじめていますが、これは特段驚くべきことではありません。コロンビアはある揺るぎない信念をもって生き延びていくことを学び取っています。その最大のメリットは、追い込まれれば追い込まれるほど逆境からより大きな成果を挙げるということです。歴史を通じてみられる暴力によって国家はその中心を失いました。数々の不幸がいい方向に作用して、恩恵をもたらすことで独自の偉大さを回復する可能性がまだ残されています。そうした奇跡をどこまでも生き抜くことができれば、われわれがどのような国に生まれたかをしっかり認識し、二つの対立する現実の間で命を落とすことなく生き続けることができるでしょう。ですから、こうした数々の歴史的災厄が襲い来る時代にあって、祖国が新たな意識を獲得してより健全なものになったとしても、私は驚きません。民衆の知恵が新しい道を切り開くとしても、家の戸口に腰を下ろして知恵の訪れを待つのではなく、通りの真中に出ていかなくてはなりません。おそらく国家はわれわれがすべてを乗り越えて、もともと何もなかったところに救済を見つけ出すとは考えもしないでしょう。

今となっては懐かしい、永遠に閉ざされた書斎という世界から飛び出した、すべての人にとって歴史的な日付ともいうべきアンティオキア大学創設二百周年記念祝賀会は、こうした私の思いを語るのに絶好の機会だと考えました。もう一度一からはじめて、われわれが生きるに値する国になるように努め、この国をかつてないほど愛するためにまことにふさわしい機会です。ただ単にそれだけのことであっても、私としてはドン・ミゲル・デ・セルバンテスの抱いた幻想が現実のものとなるかすかな兆候が感じ取れる平穏な時期が訪れ、われわれの苦しみの種になっている悪いことはよいことよりもはるかに短い期間しか続かず、沢山ある道のどれを選べば、今生きている人たちが心安らかに暮らせ、当然の権利として永遠にその暮らしを享受できるようになるか、それはあげてわれわれの尽きることのない創造性にかかっている、私はあえてそう信じたいと思っています。

そうなることを祈っています。

＊《科学とテクノロジーの公平な発展のための新しい社会契約に向けて》国際シンポジウム。

このテキストは、アンティオキア大学創設二百周年記念行事において、ガブリエル・ガルシア＝マルケス自身の声で吹き込まれたテキストの録音がメデジンに送られたものである。当地のカミーロ・トーレス劇場でシンポジウムが行われ、その日の午後六時に放送された。

スペイン語のメッセージで満たしてもらおうと開かれている心

――カルタヘーナ・デ・インディアス。二〇〇七年三月二十六日

『百年の孤独』を書いている時いろいろな夢を見たのですが、そのうちのもっともおかしなものの中でも、この小説の百万冊目を目にすることになるとは想像もしませんでした。二十八個（正しくは二十七個）のアルファベットと二本の指だけを頼りに、誰もいない部屋で書き上げた小説を百万人もの読者が読もうと心に決める、そんなふうに思うこと自体狂気の沙汰としか考えられなかったのです。百万人の読者の五十倍に当たる人たちの目の前を通り過ぎていった小説、そして何がどうなっているのか訳がわからずに呆然としている私のような不眠症の職人に対して、言語のアカデミーが賞賛する会を持ってくれることになりました。

ですが、これはひとりの作家を顕彰することでも、あるいはその可能性があるというようなことでもありません。この奇跡はスペイン語で書かれた物語を読みたいと思っている人たちが想像もできないほどたくさんいることをはっきり物語っています。ですから、『百年の孤独』が百万部刷られたのは、このような途方もない部数が出版された本の、記念版の第一

冊目を、今顔を赤らめて受け取っている作家への百万のオマージュということではないのです。むしろ、食べ物を待つようにスペイン語のテキストを読みたいと待ち受けている読者がいる証しにほかなりません。

作家としてのお決まりの日課は当時からまったく変わっていません。七十数年間何一つ変更が加えられていない二十八個のアルファベットを、二本の人差し指を使って一定のリズムで叩いているというのがいつ変わりない光景です。今日はこの会に出席するためにタイプライターから顔を上げて、感謝の念を抱きつつ手を止めて一体何が起こったのだろうかと考えざるを得ませんでした。そこで気づいたのは、まだ白紙でしかない私の本を読みたいと思っている存在するかもしれない読者が数え切れないほどいて、彼らはスペイン語のテキストを読むことに飢えているということです。

『百年の孤独』の読者は共同体のようなもので、その人たちがもし地球上のどこかの土地に集まって暮らせば、世界でもっとも人口の多い二十か国の中に含まれることでしょう。何も自慢しようと思って言っているのではありません。その逆です。読書習慣のある大勢の人たちが、スペイン語のメッセージで満たされたいと思って心を開いている、そう申し上げたかったのです。それはスペイン語を用いるすべての作家、詩人、語り手、教育者への挑戦であり、われわれはその渇望を癒し、そうした人たちの数を増やしていかなくてはなりません。それこそがわれわれ自身の仕事の意味であり、そして言うまでもなくわれわれ自身の存在理由でもあるのです。

三十八歳の時（二十歳で本を書き、それまでに本を四冊出していたのですが）、私はタイプライターの前に腰を下ろして、次のような文章を書きました。「長い歳月が流れて銃殺隊の前に立つはめになったとき、恐らくアウレリャノ・ブエンディア大佐は、父親のお供をして初めて氷というものを見た、あの遠い日の午後を思いだしたにちがいない。」（鼓直訳。新潮社）この一文が何を意味し、どこから生まれてきたのか、さらにどこへ私を導こうとしているのか見当もつきませんでした。ただ、本を書き上げるまでの十八か月間、一日も書く手を休めなかったことだけはよく覚えています。

信じていただけないでしょうが、もっとも逼迫した問題のひとつはタイプライター用の紙をどう工面するかでした。間違えた教育を受けていたために、創作につきもののタイプミスや単語あるいは文法上の誤りは、気がつくたびに打った紙を破ってくずかごに捨てるものだと思い込んでいたのです。一年間執筆を続けたおかげでリズムができ、この分ならあと六か月ほど午前中タイプライターの前に座り続ければ作品が完成するはずだと目算が立ちました。

エスペランサ・アライサ、あの忘れられないペラ（エスペランサの愛称）は詩人や映画人のタイピストをしていて、メキシコの作家が書いた優れた作品を清書していました。その中には、カルロス・フエンテスの『澄み渡る大地』やファン・ルルフォの『ペドロ・パラモ』、それにドン・ルイス・ブニュエルの脚本のオリジナル原稿も含まれていました。彼女に清書してもらいたいと依頼した私の最終稿にはまず黒インクで、ついで混乱しないよう赤のインクで無数の修正が入っていました。しかし、ライオンの檻で鍛えられた彼女にとってその程度ならどうということはありませんでした。数年後にペラが打ち明けてくれたところによると、私が手渡した最終稿をもって家に帰る途中に大雨が降り、バスから降りる際に足を滑らせて、原稿の束が街路の水溜りにぷかぷか浮かんでしまいました。ほかの乗客の助けを借りて、水浸しになって読めるかどうかもわからない原稿を拾い集め、家に戻ってから一枚一枚アイロンをかけて伸ばしたそうです。

あの頃は、仕事はもちろん稼ぎもまったくなく、二人の子供を抱えたメルセーデスと私はなんとか毎日をやり過ごしていました。当時のことを書けば、別のもっといい小説が生まれてきたかもしれません。食事を抜くようなことは一度もしなかったメルセーデスが何か月もの間、どんなふうにやりくりしていたのかまったく知りませんでした。利子がついてもいいからお金を借りようかと思った時もあります。そこは我慢して凌いだのですが、どうにもやっていけなくなり、生まれてはじめて質屋に駆け込みました。

大した金額にもならない品物を質に入れてほっと一息ついたものの、やはりすぐに首が回らなくなって、メルセーデスが親族からもらい受け長年大切にしていた宝石類を質に入れることにしました。鑑定を行う人がまるで外科医のような手つきで宝石を調べ、重さを測り、魔術師のような目でイヤリングについているダイヤモンド、ネックレスのエメラルド、指輪

のルビーを睨みつけたあと、鮮やかな手つきで宝石を返してくれました。《すべてガラス製です。》

さらに厳しい状況が待ち受けていました。メルセーデスはその時、頭の中で信じられないような計算をし、辛抱強い大家さんに向かって声を震わせることもなくこう言ってのけたのです。

《半年以内に全額まとめてお支払いできると思います。》

《失礼ですが、奥さん》と大家さんが言いました。《相当な額に上るのはおわかりですね?》

《もちろんわかっています》とメルセーデスは顔色一つ変えずに答えました。《ですが、その頃には残らずお支払いできますので、ご安心ください。》

国家公務員だったその人は温厚で心優しく、私たちがそれまでに出会った中でもっとも優雅で我慢強い方でした。その方もやはり声を震わせることなくこう言われました。

《わかりました。今の言葉で安心しました。》そう言うと、とても払えそうもない金額を口にしました。《では、九月七日までお待ちします。》

そして、一九六六年八月の初旬、メルセーデスと私はメキシコ市の郵便局へ行きました。通常の紙にダブル・スペースで打ち込んである五九〇枚の完成稿をスダメリカーナ出版社の文芸出版部編集長のフランシスコ・ポルーアにあてて送ろうとしたのです。

郵便局員は梱包したものを秤にかけ、頭の中で計算してこう言いました。

《八十二ペソです。》
メルセーデスは財布に残っている紙幣とばら銭を勘定して、現実問題に直面しました。
《五十三ペソしかないわ。》
われわれは梱包を開けると、二等分した一方をブエノスアイレスに送りました。あの時は、残り半分を送るお金をどうやって工面すればいいか考えもしませんでした。ほどなく、お金の問題を解決する前に、自分たちが送ったのは小説の前半ではなく、後半の部分だということに気がつきました。残り半分を送るお金を都合する前に、スダメリカーナ出版社内で私たちの味方になってくれていたフランシスコ・ポルーアがあの小説の前半部分をどうしても読みたいと言って、前半部分を送れるよう前金を送ってきてくれました。
こうして私たちは現在の新しい生活に生まれ変わることができたのです。

＊各国の言語アカデミーとスペイン国王夫妻を前にして。
カルタヘーナのコンベンション・センターで第四回スペイン語国際会議が、ガブリエル・ガルシア＝マルケスへのオマージュとして開催された。作者は同年の三月六日に満八十歳の誕生日を迎えていた。『百年の孤独』が出版されて四十年になり、記念版が出版され、またノーベル文学賞受賞から二十五年を迎え、それを記念しての会議である。

編者の覚書

ガブリエル・ガルシア＝マルケスがこの本にまとめたテキストは、公の場で読み上げるために作成されたものです。一九四四年、十七歳の時、卒業生に贈るためにシパキラーで書かれたものから、二〇〇七年、言語アカデミーとスペイン国王夫妻の前で読み上げたものまで生涯にわたって彼が行ったスピーチが収められています。

最初に出てくるテキストを読んでまず気がつくのは、このコロンビアの作家が雄弁術を嫌っていることです。生まれてはじめて壇上に登った彼が、高等学校の上級生に対して《ぼくはスピーチをするために来たのではありません》と明言している言葉が何よりもよくそのことを物語っています。しかも、われわれの作家はそれをこの本のタイトルに選んだのです。《どのようにして私はものを書きはじめたか》という次のテキストは、『百年の孤独』で成功を収めた彼が一九七〇年に行ったスピーチで、その中で聴衆に向かって自分が講演嫌いであることをこんなふうに言っています。《ものを書きはじめた時もそうですが、こうして壇上に上がったのもやむを得ない事情があったからなのです。》三度目は、一九七二年にロムロ・ガリェーゴス賞を受賞した時で、《私は二つのこと、つまり賞をもらうこととスピーチをすること、この二つだけはするまいと心に誓》っていたのですが、今回はそれをすることにしましたと言っています。

十年後、ガブリエル・ガルシア＝マルケスはノーベル文学賞を受賞しました。ひとりの作家が人生で直面するかもしれないもっとも重要な講演をどうしてもやらざるを得なくなったのです。その結果生まれてきたのが《ラテンアメリカの孤独》ですが、これは傑作というほかはありません。以来講演は、賞賛され、数々の賞を受けた作家の経歴の中で大きな意味を持つものになり、出席して講演をお願いしたいという依頼が世界中からひっきりなしに舞い込んでくるようになりました。

今回編集作業を行い、テキストを見直した際、文字通り著者と肘を接して一緒に仕事をさせていただくという幸運に恵まれました。実際に行った変更は、正書法上の誤りと誤植の訂正だけでした。それに、ロムロ・ガリェーゴス賞受賞の際の講演のようにこれまでタイトルがそのままになっていたのを、著者の考えで、《あなた方がおられるので》と変更したのですが、そういう箇所がいくつかあります。ガブリエル・ガルシア＝マルケスはつねづね講演を「人間が窮地におちいる中でもっとも恐ろしいもの」と考えていました。しかし散逸し、忘れ去られていたテキストを読み返すことによって、講演についての考えを改め、次のように言うようになりました。《自分の講演を読み進めていく中で、自分が作家としてどのように変化し、進化していったかを再発見した。》これらの講演の中には、彼の文学の中心的なテーマだけでなく、彼の人生をより深く理解する上で助けになる手がかりも見つかるはずです。

この本が出来上がるまでの間、いつも変わりなくあたたかく親切にもてなしてくださったガブリエル・ガルシア＝マルケスと奥様のメルセーデス・バルチャにわれわれは感謝しております。また、遠くに住んでいるにもかかわらず忘れていた講演を見つけ出し、タイトル、あるいはタイトル・ページに関しても意見を述べて、熱心に協力してくださった二人の子息ロドリーゴとゴンサーロにもこの場で謝意を申し述べておきます。最後に、この本の編集に協力し、巻頭の講演を見つけてくださったイエール大学のアニバル・ゴンサーレス＝ペレスに私から謝意を申し述べておきます。

クリストバル・ペラ

訳者あとがき

ここに訳出したのは、ガブリエル・ガルシア＝マルケスの講演集『ぼくはスピーチをするために来たのではありません』(Gabriel García Márquez;Yo no vengo a decir un discurso; Random House Mondadori S.A., Barcelona, 2010) である。編者の言葉にあるように、「一九四四年、十七歳の時、卒業生に贈るためにシパキラーで書かれたものから、二〇〇七年、言語アカデミーとスペイン国王夫妻の前で読み上げたものまで生涯にわたって彼が行ったスピーチが収められて」いる。別のところで編者も述べている通り、ガルシア＝マルケスは講演が大の苦手で、できるだけ避けるようにしてきた。ノーベル文学賞に輝いた世界的な人気作家で、種々の活動も行っているにしては、最初のスピーチはともかく、一九七〇年から二〇〇七年の間にわずか二十一回しか講演を行っていないことに驚かされる。

ただ、回数が少ない分、一つひとつが魂のこもったものになっていて、時に読むものの心を強く打つ。それに、随所に上質のユーモアがたたえられているのも好ましい。

＊　＊　＊

大人の中に少年がひとり住んでいると言ったのは、たしか開高健である。その少年が耳元でさまざまなことをささやきかけ、そそのかし、煽り立て、時に目算の立たない危険な冒険へと大人を駆り立てる。開高健が作家になろうと志してもがき苦しみながら創作に打ち込んだり、危険を冒してヴェトナムの激戦地を訪れたり、世界中の釣り場を巡り歩いたりしたのも、彼の内に住む少年がそうするようにささやきかけたせいにちがいない。少年時代に近くの小川をせき止めて、泥の中に潜り込んでいるフナやナマズ、ドジョウなどを獲った時の喜びと感動、文学書に出会って心を震わせた経験が記憶の底に刻みつけられていて、それが創作をはじめさまざまな行動へと彼を駆り立てる情熱の原動力になっていたのだろう。

そう言えば、幼い頃から文学の世界に魅せられていたペルーの作家マリオ・バルガス＝リョサも、高等学校に進学する前に父親をつかまえて、将来作家になりたいと言い出した。息子が文学にかぶれているのを苦々しく思っていた父親は話を聞いて仰天し、本を買って読む人間などいないこの国で作家になったところで生計を立てられるはずがない、本を書きたいのなら、まず医者か弁護士になって生活を安定させ、その上で自分の好きなことをすればいいと諭し、軍人の養成を目的とする学校に入学させる。結局、マリオ・バルガス＝リョサは父親の言葉に背いて別の学校へ移り、苦難に満ちた道を歩むことになる。

筆一本で生計を立てるというのは、洋の東西を問わず生やさしいことではない。ましてや識字率が低く、経済的にあまり豊かではないラテンアメリカの国で小説家になりたいと言い出したりしたら、子供っぽい夢想だと切り捨てられてもおかしくない。ただ、そうした少年・少女時代の夢を大切に守り続けてついに作家になった人たちもいる。ラテンアメリカの二十世紀文学を支えた作家たちはほとんど例外なく苦難に満ちた茨の道を選んでいる。彼らもまた、少年・少女時代に言葉で作り上げられた世界に魅せられ、自らも言語でもうひとつの現実、もうひとつの世界を創造したいという夢に取りつかれて、創作という目的地にたどり着く当てのない航海へ乗り出した。同じ夢を抱いた仲間の多くは、航海の途中で姿を消していったことだろう。では、なぜ彼らは夢をあきらめなかったのか。その点についてバルガス＝リョサは興味深いことを言っている。

……文筆家になるというのは華やかな脚光を浴び、経済的に潤うことだと勘違いするきらいがありますが、そういう幸運に恵まれる人はめったにいません。このふたつはまったく別物なのです。いやしくも文学を天職と考えるほどの人なら、自分の苦労が本当に報われるのは書くという行為だと考え、書いたものから生じる結果など気にかけないはずです。……つまり、作家というのは書くという行為がこれまで自分が体験してきたこと、および経験するかもしれないことの中でもっともいいものだと心の底から感じている。というのも、作家にとって書くという行為が一番いい生き方であり、書いたものを通して得られる社会的、政治的、あるいは経済的な結果などどうでもいいと考えているからなのです。

（『若い小説家に宛てた手紙』新潮社）

文学、とりわけ小説への思い入れが強く、生来生真面目なバルガス＝リョサらしい言葉である。ガブリエル・ガルシア＝マルケスはそこまで強い使命感を表してはいないものの、「君はものを書いている時が一番幸せだ、とも言っていたけど、あれはどういうことだい？」と尋ねられて、「前々から本を書きたいと思っていたということだよ。本の中だと個人的な告白が自由にできるからね」と答えている（『グアバの香り』岩波書店）。幼い頃から思春期にかけては、後年の彼からは想像もつかないが、内気で口数が少なく、知らない人と打ち解けて話すタイプではなかった。ただ、本の中なら、さまざまな状況に置かれた人物になりきって、自分の考えや心で思っていること、空想したことをのびのび表現できるという。ただ、文学作品ということになると、当然それにふさわしい状況設定や人物造型はもちろん、小説としての技巧、文体が求められる。作家になるためにはまずそうしたものを身につけなければならず、その上ではじめて文学として《語る》ことが可能になる。

ボルヘスをはじめラテンアメリカの作家たちは幼い頃から何らかの形で文学書に親しみ、そこから多くのことを学んでいる。では、ガルシア＝マルケスはいつ、どこでそうしたことを学び、身につけたのだろう？　彼の回想録や伝記を読むと、恵まれた環境で育ったとは考えられない。事情があって、母親はガブリエルが生まれるとすぐに両親に預けて、自分は夫の住む別の町で暮らす。したがって、彼は八歳になるまで親もとを離れ、カリブ海沿岸にあるアラカタカという田舎町に住む祖父母の手で育てられた。アラカタカというのは人口一万人にも満たない小さな田舎町で、道路は舗装されておらず、住民の大半は読み書きができなかった。むろん、書店などどこを探してもなかった。家での男は祖父とガブリエルの二人だけで、あとは祖母と大勢の叔母たちしかいなかったので、祖父と彼は強い絆で結ばれていた。家には本と呼べるようなものはほとんどなかった。しかし、幸いなことに彼には祖父や祖母、さらには奇矯な言動をとる何人もの叔母たちがいて、祖父の友人、知人、親戚の者たちもしょっちゅう顔を覗かせたので、彼らの行動を観察したり、大人の話に耳を傾けたりしていろいろなことを学び取った。また、祖父が彼をあちこち連れ歩いて、まわりの世界や現実がどういうものかを教えたり、自ら銃を持って戦った内戦当時の話を詳しく話して聞かせた。そして、それがのちに彼の作品の中で生かされることになる。

＊　＊　＊

ガルシア＝マルケスはその幻想的な作品から《魔術的リアリズム》の作家と呼ばれるようになるが、その背後に祖母の存在があったことを忘れてはならない。というのも、祖母のトランキリーナは祖先がケルト人の多いスペイン北部のガリシア地方出身で、ケルト人の血を引いていた。ケルトの人たちは今も妖精の存在を信じており、あの地から数々の幻想文学が生まれてきたことはよく知られている。さらに、祖母が育ったラ・グアヒラ地方は、カリブ海に向かって半島状につきだしたコロンビア北東部の地域で、昔から黒人が多く住んでいる。その影響もあって、住民は迷信深く、魔術を信じていると言われる。そこで生まれ育った祖母が幼いガブリエル少年に、さまざまな民話、伝説をはじめ、子供の彼には現実とも幻想ともつかない身の毛がよだつほど恐ろしい話を聞かせたのだから、彼が臆病で、しかも想像力豊かな子供に育ったのは当然であった。祖母と自分との関係について彼はこう語っている。

私と祖母には一種の秘密の暗号があって、それを通じて目に見えない宇宙と交信できた。日中は彼女の魔術的世界に私はうっとりとなったが、夜になると、純然たる恐怖にとらわれた——私たちが存在するよりも前からあったものである暗闇に対する恐れに、私は生涯つきまとわれることになる。（『生きて、語り伝える』旦敬介訳。新潮社）

祖母はガブリエル少年をつかまえて、亡くなった人たちが今も生きているかのように、どこそこの部屋にいて、お前の所にやってくるよと言ってこわがらせた。彼女はおそらくケルト系の幻想的なお話や中世ヨーロッパの民話に出てくるように、現実世界とは別に、死者の世界があると信じていたのだろう。このような祖父母の存在が作家ガルシア＝マルケスを生み出す大きな力になった。

八歳の時、祖父が大怪我をして体が不自由になったために、彼は別の町に住んでいた両親と暮らすことになる。祖父母のもとにいる間に、彼の下に弟や妹が五人生まれていて、両親は底なしの貧乏暮らしにあえいでいた。町の小学校に通うようになったガブリエル少年は教科書に出てくる心地よいリズムの詩に出会い、たちまち魅了された。生まれつき物覚えがよかったので、二、三回読んだだけでほとんどすべて暗記してしまったという。

彼が十歳の時に祖父が亡くなった。その死に大きな衝撃を受け、子供心に祖父から語って聞かされた話をもとにいつか物語を書こうと心に決める。彼に大きな期待を寄せていた両親は、なんとか教育だけはつけてやりたいと考えて全寮制の中学校に入学させる。その頃も詩が好きで、コロンビアの詩やスペインの黄金世紀とロマン主義の詩にのめり込んでいて、ほとんどすべて覚え込んだ。中学に入って本気で勉強に取り組んだら、たちまち学校で一番の成績をとるようになったのは生まれ持った記憶力のたまものである。

その後、奨学金がもらえるようになり、全寮制のシパキラー男子高校に進む。当時を振り返って、「私は理想的な環境の中にいた。コレヒオ・サン・ホセ（彼が以前通っていた中学校）以来、私は手に入るものを片端から読むという悪癖にどっぷり漬かっており、自由時間のみならず、授業時間のほとんどまでを読書に費やしていた」（『生きて、語り伝える』）と語っている。このあたりは道に落ちている紙切れまで拾って読んでいたと言われる『ドン・キホーテ』の作者ミゲル・デ・セルバンテスをほうふつさせる。ともあれ、この時期に図書館や友人から借りたアレクサンドル・デュマやジュール・ヴェルヌ、ヴィクトル・ユゴー、トーマス・マン、ラテンアメリカとスペインの詩人の作品など手当たり次第に読みあさった。

その一方で、中学時代から詩を書いて楽しむようになり、高校に入ってからは韻文形式で風刺的な詩を書くようになった。そうした詩は教師だけでなく生徒たちの間でも評判になり、彼は人気者になった。この講演集に収められている卒業生を送り出すためのスピーチをするように言われたのも、そうした背景があったからにちがいない。

一九四七年にコロンビア国立ボゴタ大学法学部に進学するが、入学後も学業をおっぽり出して読書に明け暮れていた。ある日、友人のひとりからカフカの『変身』のスペイン語訳を借りて読み、衝撃を受けた。「(文学で)こんなことができるとは知らなかった。これならものを書いてみるのも面白いだろうな」と思ったとのちに語っている。

カフカの作品はたしかに作家になりたいと思っていた彼の背中を押しはした。しかし、それを読んで作家になろうと決心したというほどことは単純ではない。自分の内にものを書きたいという抑えようのない強い衝動はあったものの、実際に何をどう書けばいいか見当もつかない状態にあった。そんな中、『変身』を読むことで、自分の内にあるさまざまなイメージや断片的な物語を短編の形にできるのではないかという思いが生まれた。ただ、言葉によって何かを語る、つまり人が聞いて面白がったり、びっくりするようなこと、思わず聞き耳を立てるような話を短編という形式で語り、読者の想像力を刺激して、未知の世界へといざなうのは生半可なことではない。それを彼はやすやすとやってのけた。天賦の才というほかはない。

最初の短編「三度目の諦め」を書き上げて、《エル・エスペクタドール》紙に持ち込んだところ、日曜版に掲載された。彼が短編を書こうと思い立ったのは、文芸付録の編集長が「新しい世代には記憶するに値する名前がなく、近い将来その状況が変わりそうな徴候もない」と書いた記事を読んだからで、それなら自分が小説や短編を書いてやろうと、さっそくカフカの『変身』から「意識ある死体という物語上のアイディアを」(『生きて、語り伝える』)取り入れて短編を書き、新聞社に送ったのである。しかし、彼は『変身』を読んで魂を揺り動かされるような感銘、衝撃を受けて作家を志したのではない。もともと彼の内には物語作家、あるいは語り部としての資質が備わっており、語るべき話も山ほど抱えていた。ただ、語りたいという内なる願望を形にして盛る器が見つからなかっただけなのだ。

考えてみれば、カフカとガルシア＝マルケスは資質や生まれ育った背景がまったく違っている。一方は、中世の名残をとどめているプラハの町で生まれ育ち、ユダヤ教の神や高級小間物商を営んでいた抑圧的な父、つまり比喩的な意味も含めての父なる存在が頭上に重くのしかかっている中で、自らの生きる方向を定められずに迷い、戸惑い、苦悩していた。一方、熱帯の国の田舎町で生まれ育ったガルシア＝マルケスは、両親の手もとを離れて八歳まで祖父母の手で育てられ、父親はもともと影の薄い存在だった。つまり、ガブリエル少年の頭上には神、もしくは父なる存在がのしかかってくることはなかった。生き延びるのがやっとという貧しい環境に生きていた彼のまわりでは、かつての内戦の余燼が残っていて、そこから生じる悲劇的な事件が日常茶飯事としてあり、その一方で途方もない、非現実的としか言いようのない現実があり、加えてケルト的なものとカリブ海的なものが渾然と混ざり合った魔術的、幻想的な世界もあった。つまり、カフカとガルシア＝マルケスは、まったく異質な世界の住人なのである。

次いで、同じ新聞に短編「トゥバル・カインは星を作る」を発表する。直後にボゴタで思いもかけない大事件が勃発する。以前から、保守党と自由党が激しく対立していた。そんな中、自由党の若きリーダーであるホルヘ・エリエセル・ガイタンが国民の熱狂的な支持を集め、もっとも有力な大統領候補と目されていた。ところが、ガイタンがボゴタ市内の路上で暗殺されるという事件が起こり、それが引き金になって市内で騒乱が起こる。後にボゴタ暴動と呼ばれるようになるこの事件はやがて内戦へと発展し、十年以上混乱が続いて、二十万人以上の犠牲者を出したと言われる。

一九四八年、この時の騒乱がもとでボゴタ大学が閉鎖されたために、ガルシア＝マルケスはカルタヘーナ大学に転学する。たまたまその町に住んでいた知人からジャーナリストの仕事をしてみないかと言われ、自由派の新聞《エル・ウニベルサル》紙の編集長に紹介され、コラムニストとして働くようになる。仕事は午後からで、毎日夜遅くまで記事を書き、そのあと明け方まで短編を書いたり、仕事仲間や友人たちと文学談義をしたり、政治論を戦わせたので、大学にはほとんど足を向けなかった。

その後、カルタヘーナから百三十キロほど離れたバランキーリャの新聞社で仕事をするようになる。そこでもひどい貧乏暮らしで、売春婦が利用する安ホテルを定宿にしていた。ホテル代がひねり出せない時は、書きかけの原稿を担保代わりに守衛に預けて泊めてもらった。そのうち、売春婦とも親しくなり、中には見かねて代わりに洗濯をしてくれる女まで現れた。ここでの体験がのちに『コレラの時代の愛』や『わが悲しき娼婦たちの思い出』で生かされることになる。

あの町では、友人、知人と毎晩のように文学論や政治論を戦わせた。後にこの集まりは《バランキーリャ・グループ》と呼ばれるようになるが、その集まりで彼はヘミングウェイ、ヴァージニア・ウルフ、グレアム・グリーンをはじめ、欧米の作家たちの作品に出会う。とりわけ、フォークナーの作品に強く惹かれ、当時の彼にとって『八月の光』はバイブルとも言える作品になった。

その後、『落葉』の執筆に取り掛かる。何度も手直しをし、一九五二年に友人の強引な勧めでアルゼンチンのロサーダ社に送る。しかし、しばらくして届いた手紙には出版を見合わすと書かれてあったので、彼はショックを受け、絶望感に打ちのめされた。

一九五五年、ジュネーヴで《米英仏ソ首脳会議》が開催されることになり、上司から向こうへ行って記事を書いてもらいたいと言われる。七月にパリへ飛び、そこから列車でジュネーヴに向かう。そして、この時から二年間彼はヨーロッパで暮らすことになる。ジュネーヴで首脳会議を取材して記事を書き上げると、その足でヴェネチアで催されていた映画祭をのぞく。社の命令でローマ教皇に関する情報をとるためにローマに向かうが、以前から映画に強い関心を抱いていたので、その機会を生かして《イタリア国立映画実験センター》で映画制作の勉強をする。

その後特派員としてパリに腰を落ち着ける。当初はかなりの額の給料をもらっていたが、しばらくすると独裁者ローハス・ピニーリャが勤め先である新聞社を閉鎖したために給料が届かなくなり、暮らしのめどが立たなくなった。幸い、しばらくして新たに《エル・インデペンディエンテ》紙という新聞が発行されて、そこから給料が届くようになり、ほっと一息つく。

まもなくその新聞社も閉鎖されたために、送金が途絶えてしまう。たまたまパリで暮らしていたスペイン人女性と親しくなり、生活面でいろいろ面倒を見てもらった。新聞社から帰国の旅費が送られてきたが、それを生活費に充てて使い込んでしまう。当時は付き合っている女性がいたし、小説『悪い時』の執筆にかかりきりだった上に、その中のストーリーのひとつがひとり歩きをはじめたために悪戦苦闘していて、帰国するどころの騒ぎではなかった。ひとり歩きした物語はやがて中編小説『大佐に手紙は来ない』という作品として実を結ぶことになる。

一九五七年の十二月十六日に、突然ベネズエラの雑誌社から、こちらへ来て編集の仕事をしないかという内容の電報が届いて、仰天する。ひょっとして誰かのいたずらではないかと考えて、当時ベネズエラで雑誌の編集をしていた友人のメンドーサに電話で問い合わせると、その話は本当だという答えが返ってきた。そろそろコロンビアに帰国しようと思っていた矢先でもあり、一も二もなく承諾して、送られてきた航空券でベネズエラへ向けて発つ。

ベネズエラに着いて一週間後の一九五八年一月一日に大事件が勃発する。大統領官邸が爆撃されたのだ。当時ペレス・ヒメーネスが独裁者として君臨していたが、反乱を起こした軍が官邸を空爆し、それを機にカラカス市内は内戦状態に陥る。そして、ついにペレス・ヒメーネスはハイチへ亡命する。その事件が『族長の秋』を書くひとつのきっかけになったことはよく知られている。

独裁者の失脚と亡命騒ぎの余燼がまだおさまっていないある日、ベネズエラの友人たちと食事をしている時に、突然「しまった、飛行機に乗り遅れた」と大声で言った。怪訝に思った友人たちが、いったいどこへ行くつもりだと尋ねると、実はコロンビアに帰国してメルセーデスと結婚するんだと答えた。それまで結婚の話など一度も耳にしたことのなかった友人たちはあっけにとられてしばらく口がきけなかった。長年ガルシア＝マルケスと親交のあるメンドーサは、彼は直観的に何か思いつくとすぐ行動に移すきらいがあるので、そばにいるものはしばしば面食らうと語っているが、電撃的な結婚がまさにそれだった。

式を終えると、彼はすぐに妻を連れてベネズエラに戻り、雑誌の編集に携わる。中編小説『大佐に手紙は来ない』がコロンビアの文芸誌に掲載されたのはこの頃である。ついで一九五八年の年末から翌年の正月にかけて中南米諸国を揺るがすような大事件が持ち上がる。キューバ革命である。この革命によって独裁者バティスタが倒され、フィデル・カストロがハバナに凱旋入場したというニュースが伝わる。夜明け前だというのにカラカス市民は家から飛び出して、歓呼の声を上げ、車はクラクションを鳴らし、工場のサイレンの音が市中に響き渡った。

キューバ革命が勝利を収め、多くの人々が歓喜に沸き立っているのを見て、心が震えるような感動を覚えたと語っている。その時彼の脳裏には、かつて軍や教会と手を結んで権力の座に居座っていた保守党を相手に、自分が愛してやまなかった祖父をはじめ、自由派の考え方に共鳴する人々が銃を持って戦った内戦のことが真っ先に思い浮かんだにちがいない。彼の社会主義に対する親近感や革命後さまざまな問題を抱え込んだキューバ、とりわけカストロへの揺らぐことのない信頼感は、政治的な考えが共通しているということもあるだろうが、それだけでなくかつて自由派の兵士として銃を持って戦い、ついに敗れた祖父に対する愛情から生まれてきたものだと言っていい。

当時、キューバ革命とその後に生まれた新政府に関してアメリカ合衆国を中心にあちこちの国で事実が歪曲されて報道されていたので、キューバ政府は対抗措置として国営の通信社プレンサ・ラティーナを立ち上げ、コロンビアにも支局を置こうと考えた。そこで、メンドーサとガルシア＝マルケスの二人に声をかけて、協力を要請する。二人は勤めていた雑誌社をやめてコロンビアへ戻り、さっそく支局を立ち上げて仕事にかかる。一九五九年は仕事に忙殺されるが、そんな中にあっても彼は時間を盗むようにして『悪い時』に手を加えたり、短編を書いていた。この時期に書いた短編は後に『ママ・グランデの葬儀』という短編集に収録されることになる。この講演集の中の「どのようにして私はものを書きはじめたか」は、上に述べたベネズエラ時代にいろいろ世話になったことへの感謝の思いを伝えようとして行ったものである。

翌年の九月、彼はハバナを訪れて、革命後に誕生した新政府の実情をつぶさに知る。アメリカ合衆国からさまざまな圧力がかかり、悪意に満ちた報道が頻繁に行われているだけでなく、キューバ難民を使って軍事行動を起こそうとする動きまであった。また、キューバの新政府内でも党派間の主導権争いが目に余るようになり、それが通信社にまで及びつつあった。そんな中、プレンサ・ラティーナ社がニューヨークに支局を開く計画があるのだが、協力してもらえないかという打診があり、メンドーサとガルシア＝マルケスは引き受ける。彼は妻とまだ乳飲み子だった長男のロドリーゴを連れて、一九六一年のはじめにニューヨークへ行く。以前ボゴタの雑誌に掲載された中編小説『大佐に手紙は来ない』が本として出版されたのはこの年である。

同年にケネディがアメリカ合衆国大統領に就任したために、カリブ海地域の緊張が一気に高まる。また、キューバ国内の党派間の抗争が激化し、プレンサ・ラティーナのニューヨーク支局にまで影響が及んできた。そのせいで通信社内でもゴタゴタが起こり、メンドーサとガルシア＝マルケスはその年の五月に辞表を叩きつけて通信社をやめる。やめたのはいいが、給料は未払いだった上に、帰りの飛行機の運賃すら出なかった。そこで、料金の安いバスを乗り継いでフォークナーゆかりの地、米国南部を抜けてラレードに向かい、そこからメキシコに出た。当時を振り返ってあの時の旅は難行苦行の連続だったと語っている。

メキシコ市に着くと、さっそく職探しをはじめ、雑誌関係の仕事に就く。それまで書き溜めてあった短編をまとめて『ママ・グランデの葬儀』というタイトルで出版することになり、前金を受け取る。この作品は翌一九六二年に出版された。その一年前の一九六一年、すでに出来上がっていて、まだ本になっていなかった小説『悪い時』を石油会社エッソ・コロンビアーナが主催する文学賞に応募するように友人から勧められる。応募したところみごと受賞し、翌年マドリッドで出版される。その版は作者の許可なく書き換えられたところがあったために、一九六六年に書き直して出版している。

外からはすべて順調にいっているように見えたが、実はこの時期彼はひどいスランプに陥って精神的に追い込まれていた。『落葉』、『大佐に手紙は来ない』、『悪い時』、『ママ・グランデの葬儀』と次々に本が出ていたし、作家としても少しずつ認められるようになっていた。しかし、メキシコに来る前からなぜか思ったように筆が進まなくなっていた。この時期に『族長の秋』に着手する。しかし、三百枚ほど書いたところで、気に入らず原稿を破棄してしまう。別のものを書こうとしても、何をどう書いていいかわからず泥沼にはまり込んだような状態に陥った。当時のことを知る人たちは口をそろえて、あの頃のガルシア＝マルケスは本当に元気がなく、落ち込んでいたと語っている。彼自身もそうした状況から抜け出そうと、映画のシナリオに挑戦してみたりする。そんな彼にとってこの上ない幸運が訪れた。

運と縁、この二つ次第で人生が大きく変わるとよく言われる。彼の場合がまさにそれで、たまたま外国暮らしの長かったメキシコの作家カルロス・フエンテスが帰国したのだ。友人の薦めでガルシア＝マルケスの作品に目を通したフエンテスは、作家としてすぐれた才能を備えていることに気づき、何かと力になる。

ある日、カルロス・フエンテスの家で盛大なパーティが開かれて、ガルシア＝マルケスも招かれた。チリの作家ホセ・ドノソも出席していて、その席で『大佐に手紙は来ない』はすばらしい作品ですねと言ってくれたので、当時小説が書けなくなって落ち込んでいた彼は大いに励まされた。この時期のガルシア＝マルケスにとって、フエンテスはまさに救世主のような存在だった。というのも、ドノソと会った頃、ルイ・ハースという米国の若い文学研究者がラテンアメリカの現代作家について本を書くためにメキシコを訪れていた。ハースは十人の現代作家を選んで、インタビューをとり、それをもとに作家と作品を紹介しようと考えていた。彼のリストには、ボルヘスをはじめ、そうそうたる人たちが並んでいたが、当時まだ代表作と呼べる作品のなかったガルシア＝マルケスの名前は挙がっていなかった。ハースがフエンテスに相談したところ、ガルシア＝マルケスをぜひ加えるようにと強く推したので、ハースの書いた、名著として知られる『われわれの作家たち』(Los nuestros; Editorial Sudamericana, 1966) にはガルシア＝マルケスも取り上げられている。

ハースのこの作品をのぞいてみると、フエンテスはもちろん、ボルヘス、カルペンティエル、コルタサルなど、当時すでに海外で高く評価されていた作家たちと並んで名前が見えるその頃のガルシア＝マルケスについて、ルイ・ハースは、「文体と技法にマニアックなまでにこだわる」せいで、現在デッド・ロックに乗り上げた状態にあるが、『百年の孤独』と題する小説の構想は出来上がっているようで、登場人物や描こうとしている世界について熱っぽく語っていたとして、その内容を紹介したあと、ガルシア＝マルケスから届いた手紙の一節を引用している。一九六五年十一月の日付が入ったその手紙には、「今は幸せのあまり気が狂いそうです……完全に不毛だった五年間を経た後、この本（『百年の孤独』のこと）は言語上の問題もなく、水があふれ出るように生まれつつあります」と書いている。あのガルシア＝マルケスが五年間まったく書けなかったというのは信じられない話だが、考えてみると、『悪い時』に何度も手を入れて書き上げたのは一九六一年だから、彼が言うように五年間不毛の時代が続いたことになるし、表に現れないまでもひどく落ち込んでいたことは想像に難くない。そんな中、思わぬ偶然からフエンテス、ドノソ、それにルイ・ハースと出会い、さまざまな形で力づけられ、励まされることによって、彼は創作への意欲と自信を取り戻した。さらにルイ・ハースは陰から、アルゼンチンのスダメリカーナ社に勤めている知り合いの編集者にガルシア＝マルケスを推薦していた。彼のまわりではすべてがいい方向に向かいはじめた。

さらに、当時、出版業界で辣腕家として名を馳せていたスペインのカルメン・バルセルス女史が、米国を訪れたあとメキシコに立ち寄った。おそらくカルロス・フエンテスが勧めたのだろうが、彼女はガルシア＝マルケスに契約を結びたいと申し出る。ちょっとしたトラブルはあったものの、無事契約が成立し、大西洋を挟んだ新旧両大陸で出版される作品、および翻訳の版権は今後百五十年間カルメン・バルセルスが代理人となるというものであった。そして、すぐに『大佐に手紙は来ない』と『悪い時』がメキシコのエラ社から版を変えて刊行され、イタリア語訳の話も進行しはじめた。

ただ、『百年の孤独』はそれまでに書いたものとはまったく異質な作品だったので、一般読者の反応が気にかかって仕方なかった。そんなところへ思いもかけない話が飛び込んでくる。メキシコ外務省の文化局から講演依頼が届いたのだ。そこには講演でなく、執筆中の作品の朗読をお願いしたい、と書かれてあった。彼は依頼を受けて、自作を朗読することにする。その時の朗読会で、聴衆が目を大きく見開き夢中になって聞き入っているのに気づいて、彼はほっと胸をなでおろし、自信をつけたと語っている。子供のように目を輝かせ、息をひそめて熱心に聞き入っている聴衆、この人たちこそが小説家である前に語り部であるガルシア＝マルケスが本当に探し求めていたものだった。ついに夢が正夢になった。もはやためらうことはない。あとは何かに取りつかれたように書き続ければよかった。その瞬間、幼いガブリエル少年が、つまり人から聞いた話の断片を寄せ集め、幻想的な細部を付け加えて新しい物語を作って語り、大人たちを喜ばせ、驚かせたガブリエル少年がよみがえってきた。そして、その少年とともに祖父と祖母もまたよみがえってきたにちがいない。

ともあれ、完成した原稿をアルゼンチンのスダメリカーナ社に送ることになったが、その時の経緯については講演集の最後に収められている「スペイン語のメッセージで満たしてもらおうと開かれている心」の中で語られている通りである。

ようやく完成した『百年の孤独』は発売と同時に爆発的な反響を呼び、文字通り飛ぶように売れた。最初はスペイン語圏の国々で、次いでほかの国々でも大評判になり、世界中のさまざまな言語に翻訳され、現代の古典として今なお数多くの読者に読まれ、愛されている。ただ、しばらくするとあまりにも注目度が高まったためにわずらわしくなり、思い切って家族と共にバルセローナに移り住むことにした。

一九七二年、ラテンアメリカだけでなくスペイン語圏文学におけるもっとも重要な文学賞として知られるベネズエラの《ロムロ・ガリェーゴス賞》を受賞する。その時に行った講演が「あなた方がおられるので」である。

この講演の前後からラテンアメリカの国々ではいくつか大きな事件が起こる。一九七一年にはキューバの詩人エベルト・パディーリャが反政府的な内容の作品を書いたというので裁判にかけられ、有罪判決が言い渡された。ラテンアメリカ出身の作家たちは、言論の自由を侵害する判決だとして抗議の声を上げ、文書を作成した上で署名し、キューバ政府に送ることにするが、ガルシア＝マルケスは抗議文を送る前にカストロ首相に直接会って話すか、事情を問い合わせる文書を送るべきだと言って署名しなかった。カストロと親交のあった彼は、キューバの国内事情を知っていたので、そのような行動をとったのだろうと言われている。

パナマの大統領オマル・トリホス将軍、イギリスの小説家グレアム・グリーンと親しくなったのもこの頃で、以後二人とは中米の外交問題や人質解放などさまざまなことで協力し合うことになる。第二次大戦後、パナマ国内でナショナリズムの気運が高まり、運河の返還要求が強まる。そんな中、一九六八年、オマル・トリホス将軍が軍事クーデタを起こして革命政府の実権を握る。国民の大きな期待と支持を受けた彼はアメリカ合衆国に対してパナマ運河を返還するように迫り、紆余曲折の末、一九七七年、カーター政権の時代に運河の支配権を全面的にパナマに委譲するという条約の締結にこぎつけ、運河は一九九九年十二月三十一日に返還された。

実を言うと、ガルシア＝マルケスはこの条約の調印式に出席しているのである。以前、彼がトリホスの政治手法を批判した文章を新聞に書いたところ、それを読んだトリホスがある人を介して、一度パナマを訪れて実情を見てもらえないかとガルシア＝マルケスに打診してきた。パナマを訪れた彼はトリホスと会談するが、同じカリブ海の人間だということもあってすっかり意気投合し、親交を結ぶようになる。『トリホス将軍の死』（斎藤数衛訳。早川書房）を読むと、グレアム・グリーンもやはりトリホスという人物に惚れ込んでいたことがよくわかる。つねに死を覚悟し、大胆かつ細心に統治者としての責務を果たしたオマル・トリホスはよほど魅力的な人物だったのだろう。彼はワシントンで行われるパナマ運河条約の調印式にガルシア＝マルケスとグレアム・グリーンの二人を同行しようと考えた。しかし、事情があって彼らは合衆国への入国が制限されていて、ヴィザが発行されなかった。そこでトリホスは調印式に出席できるようパナマの公用旅券を発行するという、合衆国の神経を逆なでするような荒っぽい挙に出た。そのあたりに、大きな権威、権力を前にすると、黙っておれず反抗的な行動に出るトリホスのカリブ人らしい駄々っ子ぶりが感じ取れて微笑ましい。ガルシア＝マルケスはその時のことを『グアバの香り』の中で詳しく語っている。

グレアム・グリーンも『トリホス将軍の死』の中で調印式に至るまでの経緯や当時のトリ

ホスと国内情勢、さらに調印式のことを詳細に語っている。小説ということもあるが、グレアム・グリーンが写実的な細部を丁寧に積み上げてトリホス将軍と彼を取り巻く状況を鮮やかに浮かび上がらせているのに対して、ガルシア＝マルケスはエピソディカルな話を通して人物の全体的なイメージを伝えようとしている点で、それぞれに目の付け所が違っていて興味深い。ともあれ、調印式は無事に終わった。ガルシア＝マルケスはその後もトリホスのもとを訪れて親交を深めた。トリホスはまたグレアム・グリーンを四度にわたってパナマに呼び寄せ、いろいろ相談したり、情報を交換し合った。ある時、トリホスからどうしてあなたはこんなに長い年月スペインやラテンアメリカに関心を持ち続けているのかと尋ねられたグレアム・グリーンは、それに答えるとすれば、「政治というものが、選挙によって党派間の政権交代がなされるのではなく、昔から生きるか死ぬかの問題であったからだ」と言わざるを得ないだろうと答えた。

トリホスが死を覚悟していたことはまちがいない。だから、彼自身はいつか二人が、トリホスという人間が国家のために懸命に生き、戦い続けたことを書き残してくれるにちがいないと信じていた。ガルシア＝マルケスは『グアバの香り』の中で、グレアム・グリーンは『トリホス将軍の死』の中で、ともにトリホスのことを深い愛情をこめて思い返している。そこから考えれば、彼の願いはかなえられたと言っていい。グレアム・グリーンが「政治というものが……昔から生きるか死ぬかの問題」であると見抜いていた通り、トリホスは一九八一年七月に飛行機事故で死亡する。亡くなる三日前、ガルシア＝マルケスとパナマで酒を酌み交わしながら歓談した。その時に、これから内陸部へ行くんだが、一緒に来ないかと誘った。それまでトリホスの誘いを一度も断ったことのないガルシア＝マルケスが、その時はめずらしく今回は遠慮させてもらうと答えた。その飛行機でトリホスは事故に遭った。もしガルシア＝マルケスが同行していたら、あの時点で彼も死亡していたはずである。トリホスの死は、表向き飛行機事故によるものだと言われているが、一方で暗殺ではなかったのかと今もささやかれている。

話を十年ほど前に戻すと、一九七〇年にチリのサルバドール・アジェンデが選挙で大統領に選ばれて、ラテンアメリカではじめての民主的な手続による左翼政権を樹立する。しかし、ピノチェット将軍に率いられた軍が三年後にクーデタを起こし、大統領は自殺に追い込まれた。その際、癌に侵されて帰国していたノーベル賞詩人パブロ・ネルーダが軍人の手でひどい扱いを受け、さらに自宅を燃やされ、蔵書もすべて焼き払われるという事件があり、そのためにネルーダの死期を早めたと伝えられる。チリの未来に大きな期待を寄せていたガルシア＝マルケスはクーデタとその後の事件に衝撃を受けるとともに、癒し難い悲しみに打ちのめされた。

その翌年に彼はバルセローナからメキシコに居を移し、執筆中の『族長の秋』を書き上げ、一九七五年に出版している。年齢が百七歳から二百三十二歳の間という信じがたいほど高齢の独裁者を主人公に、神話的なスケールの人物と彼を取り巻く世界を描いたこの作品は独裁者小説の傑作と評されている。

一九七六年に思わぬ事件が持ち上がった。メキシコでアンデス山中に墜落した飛行機の乗客にまつわる、目を覆いたくなるほど悲惨な事件を映画化した『アンデスの聖餐』の上映会が催された。上映会にやってきたマリオ・バルガス＝リョサの姿を見かけたガルシア＝マルケスは、嬉しそうに両腕を広げ、「兄弟《エルマノ》」と呼びかけて抱擁しようとした。ところが、アマチュア・ボクシングの経験のあるバルガス＝リョサが突然彼に強烈なパンチを見舞ったので、その場に仰向けに倒れ、後頭部を強打して半ば意識を失った。その場に居合わせた人たちの証言から推測されているのは、当時バルガス＝リョサは先妻のパトリシアと離婚問題でもめており、ガルシア＝マルケスが親身になってパトリシアの相談相手になっていたのが原因だと言われる。そこにパディーリャ事件の際に署名を拒んだことへの反発、ともに人気作家として競い合っていることなどが伏線としてあって、バルガス＝リョサがあのような行動に出たのだろうと伝えられている。この事件を機に二人は絶縁した。

ともあれ、その後もガルシア＝マルケスは人権問題や社会、政治問題に関わり続けるが、その基本となっている考え方はこの講演集に収められている「ラテンアメリカは存在する」の中で語っている通りである。つまり、「子供の前にさまざまなおもちゃを置いてやると、その子は最終的にひとつだけを選び取ります。国家の務めは、子供が選んだおもちゃで長い間遊べる条件を整備してやることです。人が幸せで、長生きするための秘密の処方箋がそれだと、私は確信しています。すべての人がゆりかごから墓場まで無事に生き延び、自分の好きなことができるよう」な社会が生まれてくるようにとの願いがそこには込められている。しかし、こうした理想の社会への道のりには気が遠くなるほど険しいものがある。とりわけ、植民地時代からの負の遺産がいまだに多く残されているラテンアメリカの国々においては極めて困難な道のりであることは想像に難くない。

一九八一年から八三年にかけて、彼の身に思いもかけない事件が相次いで起こる。トリホス将軍が亡くなった年に、彼は危うく暗殺されそうになった。コロンビア大統領に就任した自由党のフリオ・セサル・トゥルバイ・アヤラが治安維持の名目で戒厳令を敷き、秘密警察を使って弾圧、拷問を行ったために、国内情勢が不安定になっていた。そんな最中の一九八一年二月にガルシア＝マルケスは妻のメルセーデスを伴ってコロンビアに帰国する。フランス政府からレジオン・ドヌール勲章授与の通知を受け、彼は翌月の二十日にボゴタのフランス大使館へ行く。授章通知で大喜びしたのもつかの間、その同じ日にトゥルバイ大統領が、左翼のゲリラ組織M－19を支援しているという理由でキューバとの国交を断絶すると宣言する。そのせいで、以前から親キューバ的な立場をとっていたガルシア＝マルケスも目をつけられる羽目になり、コロンビア軍が彼の暗殺を計画しているとの情報が耳に入ってくる。友人たちにも情報が伝わり、三月二十五日に彼を守ろうと集まってきた友人、知人たちに囲まれるようにして、夫妻はいったんメキシコ大使館に身を隠し、そこで一晩過ごしたあと、翌日メキシコ大使館員に守られて飛行機でメキシコ市へ飛び立つという事件があった。グレアム・グリーンの言葉にあったように、ラテンアメリカの政治状況はぼくたちの想像をはるかに超えて厳しく苛酷なものがある。この年に、三十年前に実際に起こった殺人事件に題材を取って書いた、ルポルタージュ風の小説『予告された殺人の記録』を出版している。

一九八二年の十月に彼は、メキシコで外国人に与えられる最高の賞である《アステカの鷲》勲章を受章する。受章講演「もうひとつの祖国」の中で不遇な時代に世話になったことに対して謝意を述べつつ「不幸なことに、いまだにこの大陸はあちらで暴政が敷かれ、こちらで大虐殺が行われ」ているが、その人たちの避難所になっているこの国の「扉がけっして閉ざされることがないように願っております」と結んでいる言葉が、ラテンアメリカに生きる人々の置かれた厳しい状況を物語っていて印象に残る。

そして同年、ガルシア＝マルケスはノーベル文学賞に輝く。その時の講演がここに収められている「ラテンアメリカの孤独」と「詩に乾杯」である。中でも前者は、いかにもガルシア＝マルケスらしいエピソディカルな語り口でラテンアメリカの歴史と現実を語りつつヨーロッパとの相違点を浮き彫りにし、さらに自分たちの大陸が置かれた悲しい現実を痛切な思いを込めて語っていて、心を打つ講演になっている。

一九七〇年代は創作活動を続けながら、一方でジャーナリズムを中心に政治的なメッセージを発信していた。しかし、一九八〇年代、特にノーベル文学賞を受賞してからは、視野がそれまでよりもはるかに広がり、ラテンアメリカをはじめ発展途上国の生きるべき道を模索するようになる。そのことは、核の脅威と軍拡競争の愚かしさを指摘しながら、そこに投じられている膨大な費用を発展途上国のために、とりわけ子供たちのために使うべきだと語っている一九八六年の「ダモクレスの大災厄」や自然保護の重要性を強調している一九九一年の「ラテンアメリカ生態学同盟」などから読み取れる。

また、この頃からラテンアメリカ諸国が生き延びるための方策として文化の重要性を説くようになる。先端技術、重工業をはじめとする種々の産業では先進国にとうてい太刀打ちできない新大陸の国々の将来を考えた場合、もっとも有効な手段は特異かつ豊饒な発想力を備えている新大陸の人たちの創造性である。そうした考えに立って行われたのが「不滅のアイデア」、「新しい千年への序言」、あるいは「ラテンアメリカは存在する」などの講演である。

ノーベル賞を受賞した翌年の一九八三年、ガルシア＝マルケスはかねてから住みたいと思っていたコロンビアのカリブ海に面した古都カルタヘーナ・デ・インディアスに家を購入して、妻とともに暮らすようになる。父親のガブリエル・エリヒオ・ガルシアが近くに住んでいたので、それまで疎遠だった父親のもとを訪れてよく話をするようになった。また、母親からもいろいろな話を聞き出し、それがやがて五十年以上もの間ひとりの女性を愛し続ける人物を主人公に、十九世紀末から二十世紀前半のコロンビアの地方都市の世界を描いた小説

『コレラの時代の愛』という作品になって結実する。

ガルシア＝マルケスはもともと映画好きで、自身もメガホンを持って監督をしたり、シナリオを書いた経験がある。それを活かして新大陸の人々にとってもっとも大きな娯楽であり、文化でもある映画の制作に力を注ぎ、そのための人材を育成しようと考えるようになる。キューバのカストロ首相の協力を得て、一九八六年にキューバのサン・アントニオ・デ・ロス・バーニョスに《映画・テレビ国際学園》を創設し、映画やテレビ・ドラマの制作を行う一方、ラテンアメリカをはじめ発展途上国の映画人の育成を目指すようになる。その設立の際に行った講演が「不滅のアイデア」である。また、この学園で行った討論はのちにCómo se cuenta un cuento『お話をどう語るか』（一九九六）、Me alquilo para soñar『わたしは夢見るために部屋を借ります』（一九九七）、La bendita manía de contar『語るという幸せなマニア』（一九九八。いずれもOllero & Ramos, Editores, S.L.から出版されていて、このうちのCómo se cuenta un cuentoとLa bendita manía de contarはひとつにして『物語の作り方』、岩波書店、というタイトルで邦訳されている）として三冊の本にまとめられた。

こうした多忙な日々の中にあっても創作活動は休みなく続け、一九八九年には植民地だったラテンアメリカを独立に導いた《解放者》シモン・ボリーバルを主人公に、英雄の栄光と悲惨を描いた歴史小説『迷宮の将軍』を発表している。

一九九三年には、カルタヘーナ・デ・インディアスにジャーナリズム学校を設立し、そこの学校長になって、後進の指導にあたった。一九九四年、六十七歳の時には植民地時代に異端の嫌疑をかけられて悲劇的な死を遂げた少女を主人公にした小説『愛その他の悪霊について』を書き上げた。

しかし、一九九九年にリンパ癌にかかっていることが判明し、ロスアンゼルスで手術を受け、長期間療養生活を送った。回復はむずかしいのではないかと思われたが、三年後の二〇〇二年に長大な自伝『生きて、語り伝える』を発表し、世界中のガルシア＝マルケス・ファンを喜ばせた。さらにその二年後、七十七歳の時に中編小説『わが悲しき娼婦たちの思い出』を発表し、衰えを見せない創作ぶりで人々を驚嘆させた。川端康成の『眠れる美女』に想を得て書かれたこの小説に登場する少女は、貧しい家庭に育ち、懸命になって家族を支えているが、その少女の姿はここに収められている「遠くにあって愛する祖国」で語られている祖国コロンビアへの作者の思いと重なるように思えてならない。

最後の、ガルシア＝マルケスが八十歳の時に行った講演「スペイン語のメッセージで満たしてもらおうと開かれている心」は、自分自身の来し方を振り返ったものだが、そこにはどのような厳しい状況下に置かれてもくじけることなくしたたかに生き抜き、創造力を失うことなく生の戦いを続けるようにという、若い後進に対するメッセージが込められている。

ほかに、文学者でありながら苦難に満ちた時期にコロンビアの大統領に選ばれ、悪戦苦闘しつつも見事に政治家としての責務を果たしたベタンクールの生誕七十歳を祝った、敬意と愛情に満ちた講演「ベリサリオ・ベタンクール、七十歳の誕生日を記念して」や親友アルバロ・ムティスとの交友をユーモアたっぷりに語った「わが友ムティス」、作品に劣らず人物としても神秘的な雰囲気をたたえていた作家コルタサルの死を悼む追悼文「誰からも愛されるようになったアルゼンチン人」なども読後に忘れがたい印象を残す。

ガルシア＝マルケスが十七歳から八十歳までに行った二十二の講演、つまり高校時代に卒業生を送るために書いた送辞、あるいは『百年の孤独』で突然世界的な注目を集めるようになってまだ自分の立ち位置がつかめず、戸惑いを隠せないでいる初々しい「どのようにして私はものを書きはじめたか」から、「遠くにあって愛する祖国」、「スペイン語のメッセージで満たしてもらおうと開かれている心」に至る講演を通して、激動の時代の荒波に翻弄されながらも、文学という小舟に乗って果敢に航海を続けたひとりの天才の生き様と成長、変化を読み取ることができる。さらに、彼の創造的意欲を根幹で支えているのは人間への、生きることへの深い愛ではないのだろうか、というのが訳し終えたぼくの感想である。

＊　＊　＊

一年ほど前、編集部の冨澤氏から、ガルシア＝マルケスの講演集が出版されたのですが、ご存知ですかという電話がかかってきた。恥ずかしいことにまったく知らなかったので、その旨を伝えると、それではお送りしますという答えが返ってきた。

手元に届いた本を読んでみると、変幻自在の語り口でさまざまなテーマについて語っていて、散文作品しか読んでいなかったぼくにとっては新発見といってもおかしくない喜びだった。

これは訳してみたいと思って、暇を盗んで翻訳を進めたのだが、訳しながらガルシア＝マルケスという人は、講演だからといって決して手抜きのようなことはしないのだと改めて感服した。

この講演集を通して、ガブリエル・ガルシア＝マルケスの違った側面を見出していただければ、訳者としてはそれに勝る喜びはない。

この翻訳が出来上がるまでには、校正も含めて冨澤氏にはいろいろとお世話になった。この場を借りてお礼を申し上げておきます。

なお、ここに挙げられているガルシア＝マルケスの小説は《ガルシア＝マルケス全小説》（新潮社）にすべて収められている。

Obras de García Márquez | 1944-2007

ぼくはスピーチをするために来《き》たのではありません

著　者　ガブリエル・ガルシア＝マルケス
訳　者　木《き》村《むら》榮《えい》一《いち》

発　行　2014年 4月25日

発行者　佐藤隆信
発行所　株式会社新潮社
郵便番号 162-8711　東京都新宿区矢来町 71
電話　編集部　03-3266-5411
読者係　03-3266-5111
http://www.shinchosha.co.jp
印刷所　錦明印刷株式会社
製本所　大口製本印刷株式会社

乱丁・落丁本は、ご面倒ですが小社読者係宛お送り下さい。
送料小社負担にてお取替えいたします。
価格はカバーに表示してあります。

ISBN 978-4-10-509019-7 C0098

Obras de García Márquez

ガルシア＝マルケス全小説

1947-1955 La hojarasca y otros 12 cuentos
落葉 他12篇　高見英一　桑名一博　井上義一 訳
三度目の諦め／エバは猫の中に／死の向こう側／三人の夢遊病者の苦しみ
鏡の対話／青い犬の目／六時に来た女／天使を待たせた黒人、ナボ
誰かが薔薇を荒らす／イシチドリの夜／土曜日の次の日／落葉
マコンドに降る雨を見たイサベルの独白

1958-1962 La mala hora y otros 9 cuentos
悪い時 他9篇　高見英一　内田吉彦　安藤哲行 他 訳
大佐に手紙は来ない／火曜日の昼寝／最近のある日／この村に泥棒はいない
バルタサルの素敵な午後／失われた時の海／モンティエルの未亡人／造花のバラ
ママ・グランデの葬儀／悪い時

1967 Cien años de soledad
百年の孤独 鼓 直 訳

1968-1975 El otoño del patriarca y otros 6 cuentos
族長の秋 他6篇　鼓 直　木村榮一 訳
大きな翼のある、ひどく年取った男／奇跡の行商人、善人のブラカマン
幽霊船の最後の航海／無垢なエレンディラと無情な祖母の信じがたい悲惨の物語
この世でいちばん美しい水死人／愛の彼方の変わることなき死／族長の秋

1976-1992 Crónica de una muerte anunciada / Doce cuentos peregrinos
予告された殺人の記録 野谷文昭 訳
十二の遍歴の物語 旦 敬介 訳

1985 El amor en los tiempos del cólera
コレラの時代の愛 木村榮一 訳

1989 El general en su laberinto
迷宮の将軍 木村榮一 訳

1994 Del amor y otros demonios
愛その他の悪霊について 旦 敬介 訳

2004 Memoria de mis putas tristes
わが悲しき娼婦たちの思い出 木村榮一 訳

ガルシア＝マルケス全講演
1944-2007 Yo no vengo a decir un discurso
ぼくはスピーチをするために来たのではありません 木村榮一 訳

ガルシア＝マルケス自伝
2002 Vivir para contarla
生きて、語り伝える 旦 敬介 訳